Isobel Markus

Der Satz

Isobel Markus

Der Satz

Roman

Quintus

Handlung, Orte und Personen des Romans sind Fiktion. Etwaige Ähnlichkeiten mit tatsächlichen Begebenheiten und realen Orten sowie Personen sind daher zufällig.

Gefördert durch ein Stipendium der VG Wort im Rahmen des von der Beauftragten der Bundesregierung für Kultur und Medien (BKM) initiierten Programms NEUSTART KULTUR.

1. Auflage 2022

Binzstraße 19, 13189 Berlin
www.quintus-verlag.de

Umschlaggestaltung: Oda Ruthe, Braunschweig
Satz und Gestaltung: Ralph Gabriel, Berlin
Druck und Bindung: Finidr, s.r.o., Český Těšín

ISBN 978-3-96982-039-1

Für meine Liebsten. Immer einmal lieber.

Dies ist ein Buch vom Erinnern und Vergessen, ein Buch über Geschichten, die wir uns selbst erzählen, ein Buch über Entscheidungen und Zumutungen und was man aus ihnen macht.

Vom Erinnern

Der Weg zu sich kann einem wie eine Zumutung vorkommen. Zumindest mir in diesem Moment, während ich in dem eiskalten Abteil des ICE Platz nehme und meine Jacke lieber nicht ausziehe. Es ist so kalt, dass ich meine, den Atem sehen zu können, was natürlich Quatsch ist, aber ich beobachte, wie eine Frau einen Schal aus ihrer Tasche holt, und beneide sie darum. Ich habe nämlich keinen eingepackt. Mein Gepäck ist leicht. Lediglich meine Handtasche und ein kleiner Rucksack stehen zu meinen Füßen, denn ich habe nicht vor, lange zu bleiben. Die Menschen um mich herum suchen ihre Plätze, verstauen ihr Gepäck in den oberen Ablagen, sehen sich um, murmeln etwas über die Kälte und setzen sich. Eine junge Frau im Kapuzenpulli packt eine raschelnde Papiertüte aus und beißt in eine Brezel, ein Mann im dunkelblauen Anzug öffnet seine Zeitung.

Entschuldigung, aber ich glaube, Sie sitzen auf meinem Platz.

Neben mir im Gang steht eine Frau. Sie hält sich an der Kopfstütze des Sitzes fest und hält mir ihr Handy mit einer Platzreservierung hin: Wagen 8, Platz 95 habe ich reserviert, und das müsste hier sein. Sie sieht mich aus großen, schwarz angemalten Augen an.

Oh! mache ich und erhebe mich halb. Die Anzeige funktionierte nicht, erkläre ich und zeige auf das erloschene Schild unter der Kofferablage.

Nein, nein, die 95 ist hier bei mir, ruft da eine Frau aus der Reihe vor mir. Berlin – Uelzen, richtig? Das geht heute bei der Bahn wieder kreuz und quer, und die Klimaanlage ist auch defekt, wie es scheint.

Die Frau mit den großen Augen entschuldigt sich bei mir und ich lächle flüchtig, ziehe meine Jacke enger um mich und setze mich wieder.

Der Zug verlässt den Hauptbahnhof, eine Ansage ertönt, die Stimme ist unangenehm laut. Ich krame in der Tasche nach meinen Kopfhörern und suche nach einer ruhigen Playlist. Vor dem Fenster zieht die Stadt von einer ganz anderen Seite vorbei, als ich sie kenne, und ich frage mich, wie es sein wird, wenn ich nach all der Zeit wieder ins Dorf zurückkehre. Wie es ist, wieder über die alten Straßen zu gehen, die ich seit unserem Wegzug dort vor dreißig Jahren nur noch zweimal gesehen habe. Einmal, als ich Tati besuchte, und dann noch mal zur Beerdigung meines Vaters.

Vor ein paar Tagen habe ich im Heidehus ein Zimmer und ein Fahrrad gebucht. Bei der Reservierung schrieb ich in das Kästchen für die Anmeldung: 2 Nächte von Fr – So. Vielleicht halte ich es kaum eine Nacht aus, denke ich jetzt und überlege gleichzeitig, ob ich den Weg zum Heidehus überhaupt noch kenne. Damals lag die Pension mit Restaurant zwei Kilometer abseits des Dorfes, mitten in der Heide. Nun schien es ein guter Ort zu sein für einen Besuch wie meinen. In der Nähe, aber nicht inmitten des Dorfes. Das wäre mir vielleicht zu viel gewesen.

Es ist ein seltsames Gefühl, dorthin zurückzukehren,

nach allem, was damals passiert ist und worüber nie direkt mit uns gesprochen wurde. Ich sehe ihre Gesichter noch vor mir. Die Gesichter zwischen Scheu, Neugier und Mitleid. Scheu, weil sie nicht wussten, was sie sagen sollten. Ich konnte es ihnen nicht übel nehmen oder vorwerfen, denn was sagte man auch schon in einem Fall wie unserem? Die üblichen Floskeln schienen fehl am Platz, und für alles andere fehlten Worte. Viel der Worte war ohnehin nicht üblich in dem niedersächsischen Dorf inmitten der Lüneburger Heide Ende der Achtzigerjahre. Es hätte ja zu viel des Guten sein können, dachte man sich und gab sich sicherheitshalber verhalten. Vielleicht verspürten sie auch ein gewisses Unbehagen vor unseren Reaktionen. Und vielleicht verspürten wir dieses Unbehagen andersherum ebenfalls, denn was hätten wir auch antworten sollen? Anfangs war ich also froh, dass niemand das Wort an uns richtete. Sie taten, als wäre nichts geschehen, hielten lediglich ein wenig mehr Abstand zu uns, beobachteten uns unauffällig auf unseren Wegen durch das Dorf oder beim Einkaufen. Aber Mutter, Joon und ich sahen sie doch, die Blicke, das heimliche Anstoßen, die in unsere Richtung gereckten Kinne, hörten das Wispern und versuchten, ihre gutgemeinte Hilfsbereitschaft abzuwehren. Unnötige Hilfsbereitschaft, kleine Gesten, die uns zeigten, dass sie mitfühlten. Aber das wussten wir ja ohnehin.

Während vor dem Fenster nun die ersten vorstädtischen Reihenhaussiedlungen an mir vorbeiziehen, überlege ich, wen von damals es im Dorf noch geben könnte und wer von uns es nicht geschafft hatte wegzukommen. Der Pfarrer war schon vor Jahren gestorben, hörte ich von meiner Mutter. Genau wie das Nachbarspaar in dem kleinen Haus unserem gegenüber, die alten Mieners mit dem Gemüsegarten. Der alte Mieners zog ein Bein hinter sich her und trug eine blaue Schieberkappe, ohne die er nie das Haus verließ. Er sprach nicht viel, aber manchmal lächelte er einen an. Sie dagegen war eine Frau mit harten Mundwinkeln und einer groben Hornbrille im kleinen Gesicht, die Kittelschürze und Kopftuch trug und nur in ihrem Gemüsegarten weich wurde, wenn sie mit den Pflanzen sprach. Ich und mein großer Bruder Mick freundeten uns mit ihren Enkeln an, einem Mädchen und einem Jungen, die in den Sommerferien zu Besuch kamen und ansonsten in Holland lebten. Das war 1985 oder vielleicht 86, überlege ich jetzt. Die kleine Truus und der etwas ältere Chor brachten immer ganz viel Pudding in Milchtüten mit. Sie nannten ihn Vla, und Frau Mieners sagte, sie könne sich in den reinsetzen. Ich stellte mir vor, wie Frau Mieners in einer großen Schüssel Pudding saß, und hörte Truus und Chor bei ihrer lustigen Art zu sprechen. Oft lachten Mick und ich sie ein bisschen aus, weil sie die Wörter mit G so komisch hinten im Rachen ch-ten, genau wie wenn wir selbst „machen" oder „lachen" sagten oder auch, als würde es einen hinten im Hals jucken. Manchmal, wenn wir uns trafen, ch-ten wir uns so lange gegenseitig etwas vor, dass es klang wie unser Vater am Morgen, der im Bad vor dem Waschbecken gurgelte und den ganzen Raum mit Pfefferminzgeruch füllte. Wir erfanden einen Satz, der aus möglichst vielen Wörtern mit G oder Ch-Lauten bestand. Große Gangster lassen's krachen.

Chroße Changster lassen's krachen, riefen wir uns im Chor zu, als wäre es etwas, das uns verband, ein Geheimcode, den nur wir verstanden. Wir ließen den Satz dabei extra oft im Rachen gurgeln, bis dieser ganz wund wurde und sich pelzig anfühlte. Der Satz wurde unser Sommer-Mantra, wenn wir in großen Kindergruppen mit den Rädern zum Goldsee fuhren, uns durch die Maisfelder schlugen, im Wald herumstrolchten, den Dorfplatz mit unseren Spielen besetzten und abends auf den Bürgersteigen vor den Häusern saßen und unsere Mückenstiche zählten. Oft hockten wir zwischendurch in unserem oder im Mieners'schen Gemüsegarten und aßen, was wir pflücken konnten, bis uns jemand erwischte und Frau Mieners uns schließlich zum Bratkartoffelessen ins Haus befahl, um damit der Plünderung ihres Gartens wenigstens kurzzeitig etwas entgegenzusetzen. Im Haus roch es eklig nach eingekochtem Kohl, kaltem Schweiß, alten Turnbeuteln und nassen Putzlappen, aber wenn man sich die Nase zuhielt, klappte das mit dem Essen ganz gut. Die Bratkartoffeln von Frau Mieners waren die besten im Dorf. Das wussten wir und das wusste sie, daher bekamen die netten Kinder stets mehr auf den Teller. Aber wegen ungerechter Verteilung aufzumucken und sich zu beschweren wagte niemand, denn dann konnte es passieren, dass man zeitlebens auf die schwarze Liste der Bratkartoffelkinder kam und niemals wiederkommen durfte. Einmal erlebte ich, wie sie mit der fettigen Metallpfanne vor einem Jungen aus dem alten Teil des Dorfes herumfuchtelte, der gewagt hatte, ihr weiterhin seinen Teller entgegenzustrecken, obwohl sie ihm bereits aufgelegt hatte. Du da mit den Segelohren: Raus! Lass dich nie wieder blicken, schrie sie erbost, und damit war sein Schicksal besiegelt.

Wenn man nicht gerade auf der schwarzen Bratkartoffelliste stand, war sonst eigentlich alles gut dort in meinen ersten zehn Jahren, eingerahmt von Feldern in erdigen Farben und einem weiten Himmel, der am Ende des Meisenwegs Wolkenberge baute. Das Dorf hatte eine Kirche, eine Grundschule, die alle Kinder aus den umliegenden Dörfern mitbeschulte, einen Bäcker, eine Kneipe und einen kleinen Supermarkt. Unser Haus war aus rotem Backstein, wie die meisten Häuser in der Gegend. Der Eingang befand sich rechts an der Seite des Hauses, links daneben die Garage mit ihrem quietschenden Tor. Das Dach war wie alle anderen Hausdächer in der Umgebung grau geziegelt, aber trotzdem nicht hoch genug, als dass mein Vater und meine Brüder nicht Tennisbälle bis in unseren hinteren Garten hätten werfen können. Vom Gartentor aus führte ein Weg aus Kieselsteinplatten am Haus entlang und an Büschen vorbei, in deren Lücken Kreuzspinnen in Netzen hingen und auf Beute warteten. An der Haustür vorbei führte der Weg in den Garten mit einer Birke und ein paar Obstbäumen, Apfel, Quitte, Pflaume und Kirsche, an dessen Ende sich in langen

Reihen Gemüsebeete anschlossen. Dahinter begann der Wald.

Wir waren zu dritt, wir Kinder. Mein großer Bruder Mick, der seinen eigentlichen Namen Michael nicht leiden konnte, dann kam ich und schließlich mein jüngerer Bruder Joon. Ich war genau in der Mitte, denn Mick war drei Jahre älter als ich und Joon zwei Jahre jünger. Bleibt der für immer?, fragte ich Mick damals in der Sandkiste, wie man sich erzählte. Joon schrie im Kinderwagen auf der Terrasse wie verrückt, während wir uns die Ohren zuhielten und ich beim Aufstehen aus Versehen den Burggraben zerstörte, den Mick und ich mühevoll mit gesammelten Steinen aus dem Garten befüllt hatten. Wir behielten Joon, der nach ein paar Jahren endlich ein bisschen mehr aussah wie wir mit unseren dunklen Haaren und der Zahnlücke zwischen den Schneidezähnen. Joon war allerdings zarter als Mick und ich, nahezu fragil, dafür mit energischem Willen und vielen Sommersprossen, auf die ich ziemlich neidisch war. Sommersprossen fielen nämlich direkt aus der Milchstraße, wusste ich, seitdem ich die Milchstraße einmal neben der Birke gesehen hatte, und ich fand sie wieder, wenn ich Joon ins Gesicht blickte und überlegte, ob er mal nachts heimlich draußen gewesen war, um die Sterne alle aufzufangen. Und ich überlegte, wo ich damals gewesen war.

Mick und ich waren im Winter weiß wie Käse und im Sommer braun wie Vaters Schuhe, ohne eine einzige Sommersprosse, und robust gebaut mit breiten Schultern, genau wie Mutter. Mick zog seine Rotznase hoch, an diesem Geräusch erkannte man ihn schon, bevor er mit seinem Fahrrad um die Ecke bog. Na, sagte er und fragte zu Hause als Erstes, was es zu essen gab. Der Fuchsschwanz an seiner Jeans baumelte dabei wie ein Ausrufezeichen. Damals waren meine Lippen häufig so rot, als hätte ich Rote Bete gegessen oder einen Haufen Sauerkirschen verdrückt, und die Kinder in der ersten Klasse der Schule nannten mich manchmal Schneewittchen oder auch mal Vampir, je nachdem wie nett sie zu mir sein wollten, wenn Mick nicht in der Nähe war. War Mick dabei, waren alle nett zu mir, denn Mick passte auf, und er war bekannt dafür, dass er nicht lange fackelte, wenn jemand von anderen geärgert wurde. Wenn sich also jemand in einer Staubwolke auf dem schlecht gepflasterten Schulhof prügelte, war meist er daran beteiligt. Diese Kämpfe fanden seltsam lautlos statt. Verbissen und stumm hielten sich die Kämpfenden im Griff, manchmal stöhnte oder schnaufte jemand. Einmal hörte man einen Arm knacken, und das war nicht der Arm von Mick, sondern der des anderen Jungen, der dann für Wochen einen Gipsverband tragen musste, auf den wir Penisse mit fröhlichen Gesichtern malten und unsere Namen schrieben. Später wartete ich auf Mick, sobald es auf dem Nachhauseweg losging, damit es zu Hause keinen Ärger gab, warum einer von uns allein und damit zu spät zum Essen kam. Ich beobachtete Mick und lernte viel. Zu Hause im Garten übten wir manchmal schwierige, aber sehr nützliche Griffe. Besonders diesen Griff aus *Rauchende Colts*, der es uns angetan hatte. Der Sheriff hatte den Pferdedieb allein mit einer Drehung des Arms in die Knie gezwungen. Bei dem Jungen mit dem Gipsverband war der Griff schiefgegangen. Deshalb hatte ich jedes Mal Angst, wenn ich mit Mick übte, dass auch mein Arm brechen würde, denn auf gar keinen Fall wollte ich einen Gips mit lauter Penissen, das stand schon mal fest. Zu meinem Glück geschah mir bei unseren Übungen aber nie etwas, und am Ende beherrschte ich den Griff sogar besser als Mick. Dafür klopfte er mir mal anerkennend auf die Schulter, nachdem er sich wieder von seinen Knien erhoben hatte, und das machte mich stolz wie selten. Mick war mein Held und Vorbild in allem.

Meinen ersten eigenen Kampf führte ich mit einem Jungen namens Jan. Dieser Jan war einen Kopf größer als ich, hatte abstehende Haare und eine unfreundliche Art, Kinder für ihre Missgeschicke und Fehler auszulachen. Eines Tages in der dritten Klasse radierte er meinen Namen auf meinem im Klassenzimmer zum Trocknen aufgehängten Bild aus. Es war ein blühender Kirschbaum in Tupfentechnik und ich hatte mich beim Tupfen mit rosapinkhellgrünweißen Punkten nur so überschlagen, so viele waren es. Sah man das Bild an, verursachte es ein angenehmes Tupfengewimmel, und dieses Wimmelbild gab Jan nun als seins aus, behauptete, sein Name würde darauf stehen, wie man eindeutig erkennen könne. Er präsentierte einen dicken Schriftzug seines Namens über der Stelle, an der man eine radierte Spur nur noch erahnen konnte.

Mein Protest und seine Beteuerungen führten schließlich dazu, dass wir beide eine Sechs bekamen und das Bild aus Unentschiedenheitsgründen in den neutralen Mülleimer wandern sollte, wie Jan vorschlug. Für mich schien das Beweis genug, dass es sich damit eindeutig nicht um sein Bild handeln konnte, denn wer würde schon sein sehr gut gelungenes Bild in den Mülleimer werfen? Nur jemand, der es nicht gemalt haben konnte. Ich dachte an die Geschichte aus der Bibel um König Salomon, die mir meine Großmutter erzählt und die mich fast zum Heulen gebracht hatte, obwohl ich mir innen auf die weichen Wangen biss, um das zu vermeiden. Mick nannte einen nämlich Baby oder Heulsuse, wenn man weinte, und ein Baby oder eine Heulsuse wollte ich nun wirklich nicht sein. Zu König Salomon jedenfalls kamen zwei Frauen mit einem Baby. Beide behaupteten, das Baby gehöre ihnen. König Salomon entschied daraufhin, das Baby mit dem Schwert durch zwei zu teilen und jeder Frau eine Hälfte zu geben. Das sei ein gerechtes Urteil, fand die eine Frau, während die andere schrie, dass er das Baby nicht töten solle, dann solle lieber sie, die andere, es bekommen. Da wusste König Salomon, wer die echte Mutter sei, sagte Großmutter, und ich löste erleichtert meine Zähne von den Wangen.

Als ich ansetzte, der Kunstlehrerin davon zu erzählen, wollte sie allerdings davon nichts wissen. Nach der Stunde klaubte ich mein Bild aus dem Eimer, steckte es in meine Mappe und beim Hochsehen bemerkte ich Jans Gesicht. Er grinste hämisch, bevor er das Klassenzimmer verließ, und ich sah ihm nach und schwor Rache. Mick besuchte zu dem Zeitpunkt bereits die fünfte Klasse des Gymnasiums in der Stadt, also musste ich mich selbst verteidigen. Als ich in der Pause den Schulhof betrat, suchte ich Jan, den miesen Betrüger, und schubste ihn von hinten. Er war gerade im Begriff, in sein Pausenbrot zu beißen und fiel daher unglücklich und ohne große Chance, sich abzustützen, auf sein Brot. Der folgende Kampf war verbissen. Ich erinnere mich, wie weh es tat, als er mich kniff, und dass ich die anderen nur durch das Grau der Staubwolke um uns herum ausmachen konnte, dass meine Haare offen und wild waren und er schließlich so heftig daran riss und mich kratzte, dass es mir Tränen und Speichel aus Augen und Mund trieb. Wir rissen uns gegenseitig Büschel von Haaren aus, und das Ende des Kampfes wurde eingeläutet, als ich recht heftig auf mein Kinn fiel. Später, als wir vor dem Direktor der Schule erklären sollten, worum es eigentlich ging, heulte ich vor Wut auf mit meinem blauen Kinn und einer aufgeplatzten Lippe und schluchzte um mein Tupfenbild. Ich erinnere mich, dass ich noch wochenlang versuchte, mein blau angelaufenes Kinn hinter einem Schal oder meinem hochgezogenen Anorak zu verstecken, und dass Jan mich jeden Morgen mit, Na, hässliche Schlumpffresse, begrüßte, woraufhin ich meinen Kopf huldvoll zur anderen Seite drehte.

Nachdem das Kinn nicht mehr blau war, sprachen Jan und ich nie wieder ein Wort miteinander. Dafür sprach ich umso mehr mit seinem Zwillingsbruder

Daniel, einem großen, blassen Jungen mit roten Haaren und dunklen Sommersprossen, der im Unterricht mal das Wort Angst mit vielen krabbelnden Ameisen erklärt hatte und es zur Veranschaulichung unaufgefordert an die Tafel malte. Ich verstand genau, was er meinte, und von da an mochte ich Daniel. Manchmal lächelte er mir in der Stunde zu, so als wolle er extra nett zu mir sein, um den Streit mit seinem Zwillingsbruder wettzumachen. Ich lächelte zurück und hoffte dabei, Jan würde es bemerken und sich ärgern.

In den Jahren zuvor musste Mick sich ständig prügeln. Das heißt, meist musste er mir oder anderen aus einer dieser Situationen heraushelfen, in die man hineingeriet, ohne zu wissen, warum. Schlägereien gab es vor allem auf dem Nachhauseweg, der uns über die Bundesstraße führte, die das Dorf in einen alten und einen neuen Teil trennte, dann weiter über den Trampelpfad durch das Wäldchen, wo sich heute ein großer Supermarkt mit Parkplätzen befindet, durch die Straßen mit den engen Bürgersteigen, vorbei an Jägerzäunen, die Vorgärten eher umrahmten als abschirmten, bis an den Rand des Waldes. Wir liefen den Weg meist gemeinsam mit Andy, einem Freund von mir schon aus dem Kindergarten, und wir warteten aufeinander, auch dann, wenn einer von uns unerwartet aufgehalten wurde. Bei dem unerwartet Aufgehaltenen handelte es sich eben meist um Mick, der Andy und mich aus einer brenzligen Situation herausboxte. Dann saßen Andy und ich etwas abseits auf den sandfarbenen Ziegelsteinen der Bürgersteige im neuen Dorf, warteten darauf, dass es vorbei sein würde, und blickten auf unsere Schuhe. Manchmal wollte ich nämlich nicht so genau Zeuge davon werden, wie Mick uns beschützte. Ich mochte auf keinen Fall sehen, dass er etwas abbekam, vor allem nicht von den großen Jungs, die von der Hauptschule aus der Stadt kamen und denen ein ziemlich rabiater Ruf vorauseilte. Ich blickte also auf Andys Turnschuhe mit den Streifen oder auf seine blauen Schnürschuhe und abwechselnd auf meine roten Sandalen oder die Turnschuhe mit Klettverschluss oder später im Herbst auf meine türkisfarbenen Stiefeletten. Auf die war ich sehr stolz, denn diese Stiefelchen hatten eine Ledersohle, unter der es schön knirschte, wenn man den Bürgersteig entlanglief. Wegen des Geräuschs fühlte ich mich in ihnen, als sei ich erwachsen, und weil sie so schön waren auch ein bisschen wie Cyndi. Die coole Cyndi Lauper mit den roten wilden Haaren, den vielen Ketten und den protzigen Ohrringen, die im roten Kleid auf der Straße tanzte, wie es ihr gefiel. Dabei quakte sie so schön rotzig in die Kamera und schien vor nichts Angst zu haben. Zum ersten Mal sah ich Cyndi in einer Sendung namens *Formel Eins*, und sie bestätigte mein persönliches Frauenbild nach Pippi Langstrumpf zum ersten Mal wirklich jenseits der Prinzessinnenvorstellungen aller anderen Mädchen, die ich kannte. Aller anderen Mädchen bis auf Tati.

Tati mochte Cyndi genau wie ich, sie besaß sogar eine Mix-Kassette, die sie mir irgendwann überspielte und die ich von da an jeden Tag hörte. Während Cyndi sang, hüpfte ich dazu auf meinem Bett. Zusammen sangen wir *Girls just want to have fun*, zogen bunte Kleider über Hosen an und noch eine Weste obendrüber, und Tati trug ihr neongelbes Netzhemd, das sie mal zu Fasching irgendwo am Straßenrand gefunden hatte. Wir mochten beide genau dieselben Lieder auf der Kassette.

Oh girls, they wanna have fun, Oh girls just wanna have fun, grölten wir, tanzten im Kreis dazu und spulten die Kassette vor bis zu *Time after Time*, wo wir mit Herzschmerz und großen Gesten sangen: If you're lost you can look and you will find me, Time after time, If you fall, I will catch you, I'll be waiting, Time after time. Oder zumindest sangen wir etwas Ähnliches, je nachdem, was wir verstanden, wenn Cyndi sang. Ich werde auch mal Sängerin, sagte Tati dann und wir malten uns mit meinem roten Filzstift unsere Lippen und Fingernägel an.

Meine Mutter und ich trafen Tati und ihre Mutter zum ersten Mal am Eingang der Schule. Als wir am Tor standen, stellte ich einen Schuh auf den anderen, weshalb mich meine Mutter streng ansah, während sich ihre Kieferknochen auf und ab bewegten. Die Schuhe hatte sie extra zur Einschulung geputzt. Mir rutschte meine Schultüte fast aus dem Arm, als Tati und ihre Mutter über die Straße kamen und Frau Böthig uns nach dem Eingang zur Aula fragte. Mutter antwortete: Ich denke, es müsste die Tür dort drüben sein.

Na dann komm, Tatjana, jetzt beginnt der Ernst des

Lebens, sagte Frau Böthig zu ihrer Tochter, und ich bekam ein murmeliges Gefühl im Bauch. Murmelig, weil es sich in meinem Bauch anfühlte, als würden Glasmurmeln aneinanderklickern, und ich hoffte, ich würde jetzt keinen Schluckauf bekommen. Ich hasste Schluckauf, und wenn es einmal losging, hickste ich mich manchmal einen halben Tag durch die Gegend.

Als wir über den Hof liefen, sah mich diese Tatjana von der Seite an. Ich hatte sie im Dorf vorher nur ein paar Mal von Ferne gesehen. Sie wohnte nicht weit von uns, aber ich war mir nicht sicher, ob ich sie mochte. Ihr Blick war neugierig, aber auch ein bisschen einschüchternd. Außerdem war ihre Schultüte dicker als sie selbst, und unter ihrem T-Shirt sah man ihre Schulterblätter herausragen wie kleine Engelsflügel. Hühnchenflügel, korrigierte sie mich viel später, als ich zum ersten Mal bei ihr übernachten durfte und alles so ganz anders war als bei mir zu Hause. An dem Vormittag aber trotteten wir unseren Müttern hinterher, die sich über die Klassenlehrerin unterhielten. In unserer Dorfschule gab es zwei erste Klassen, und wir kamen zu einer Lehrerin, von der man bereits viel Gutes gehört hatte. Freundlich, aber streng, wie Tatis Mutter sagte. Tati sah mich an, öffnete ihren großen Mund, streckte die Zunge heraus und tat, als würde sie sich lautlos auf das brüchige Pflaster des Schulhofes übergeben. Dann grinste sie mich an. Und da wusste ich, dass ich sie mögen könnte.

Von Tati und mir gibt es ein Bild vom Einschulungstag. Wir sitzen nebeneinander an einem der grün beschichteten Tische und gucken mehr oder weniger aufmerksam in die Kamera.

Ich heiße Tati, hatte sie kurz vorher gesagt, nenn mich bloß nicht Tatjana. Sitzen wir zusammen?

Okay, hatte ich geantwortet und nachgesetzt: Ich heiße Linda, aber nenn mich bloß nie Lindie.

Tati nickte und kniff ihre blauen Augen zusammen. Sie hatte feine, hellblonde Haare, die ihr strubbelig in einem schon sehr modischen Stufenschnitt vom Kopf standen, während meine langen Haare in dicken braunen Zöpfen neben meinem Kopf hingen, sich im Laufe des Tages lösten und einfingen, was mir am Tag begegnete: Blätter und Zweige aus dem Wald, Gräser von der Wiese, den Geruch vom Wasser der Kiesgrube oder der Suppe vom Mittag, mal war es Klebstoff, Tusche oder Knete. Es bildeten sich kleine Haarnester, die Mutter mir am nächsten Morgen manchmal herausschneiden musste, so fest und verklettet waren sie.

Tati wurde meine Freundin. Sie hatte einen riesigen Mund, den ihre Mutter große Klappe nannte, lachte viel und hatte noch mehr Blödsinn im Kopf als ich, weshalb wir für die verbleibenden vier Jahre, bis zu unserem Umzug nach Berlin, zusammenhielten. Sie wohnte ein paar Straßenecken weiter in einem der alten Häuser. Auf dem Grundstück befanden sich mehrere Ställe und Schuppen, die eine undurchdringliche Ordnung an gelagerten Werkzeugen, Geräten, Eimern und Schubkarren beherbergten. Darüber befanden sich Heuböden, die nur über eine Leiter zu erreichen waren. Dort lagerte das Heu für die Kaninchen. Tatis Vater betrieb eine Kaninchenzucht, und wenn wir vor lauter Langeweile nicht wussten, was wir tun sollten, gingen wir zu den Ställen und sahen den runden Tieren zu, wie sie den mitgebrachten Löwenzahn unter zuckenden Nasen verschwinden ließen.

Als ich das erste Mal bei Tati zu Hause eingeladen war, war es Winter und sehr kalt. Sie zeigte mir als Erstes den Hof, wir sahen uns die Kaninchen an, sie stellte mir ein paar Tiere vor und nannte mir ihre Namen, die ich alle wieder vergaß. Dann standen wir am Teich, auf dem neben ein paar Eisschollen eine einsame Plastikente schwamm, die wir mit Hilfe eines Stocks zu uns heranholten. Tati band sie an eine Leine, warf sie wieder ins Wasser und begann, sie im Kreis mit sich zu ziehen, während sie rings um den Teich herumlief. Irgendwann wollte ich auch mal dran sein und sie reichte mir die Leine und sagte, dass ich schnell rennen müsse, sonst würde es keinen Spaß machen. Also lief ich los. Ich war schnell. Die Ente glitt ebenso schnell über das Wasser, und während ich zusah, wie lustig sie hinter mir her schwamm, stolperte ich über den Rand und fiel mit allen Klamotten in den Teich. Tati lachte sich halb kaputt, während sie mir aus dem Wasser half wie einem Strunk aufgequollener Petersilie, den man mit spitzen Fingern aus der Suppe holt. In dem Moment kam Tatis Mutter von der Arbeit nach Hause und war nicht gerade erfreut, mich in diesem Zustand zu sehen. Tatis Mutter war nämlich immer müde, denn sie arbeitete in einer Fabrik. Ich wusste es nicht ganz genau, aber ich meinte, sie produzierten Nadeln und andere chirurgische Werkzeuge. Tatis Vater dagegen saß immer im Unterhemd zu Hause auf der Couch. Er trank meistens Kaffee oder Bier und war nicht sehr gesprächig. Oft hatte ich ein bisschen Angst vor ihm, weil ich es nicht gewöhnt war, dass ein Vater überhaupt dauerhaft anwesend war. Einer, der herumsaß und nichts weiter tat. Einer, der einen Schnurrbart trug und lustige kleine beigefarbene Löckchen, der aber nicht sehr lustig war, denn manchmal schrie er herum, und dann bekam Tati eine gedonnert, wie sie sagte.

Als ich es zum ersten Mal miterlebte, stand ich daneben, als er ins Zimmer stürmte: Frech werden wir hier, Frollein, ja? Und dann holte er aus mit seiner großen Hand und schlug Tati ins Gesicht. Er schrie, sie habe Hausarrest, und stürmte wieder hinaus. Die Tür blieb offen. Ich erinnere mich an Tatis Blick, an ihren verletzten einsamen Blick, der so viel mehr weh tat als die rote Wange, die sie sich hielt und über die sie schon zehn Minuten später wieder lachte, weil man in dem Puppenspiegel in ihrem Zimmer den Handabdruck des Vaters auf der Wange erkennen konnte. Und dann war da auch noch ein Abdruck auf der anderen Seite des Gesichts. Das war, weil sie ihre Zimmertür zugeschlagen hatte. Da war ihr Vater direkt wieder hereingekommen und hatte sie gleich noch mal auf die andere Seite geohrfeigt. Einfach, weil sie eben die Tür zugeknallt hatte, dass sich die Balken bogen. Und ich stand bloß da, stumm und gelähmt, so wie immer, wenn etwas passierte und alles zu schnell ging. Es war, als wäre mein Körper eingefroren, unfähig sich zu bewegen, wie die Beine des Jungen am Ende der Straße im Rollstuhl, die wir mal kneifen und pieken durften, weil er sagte: Hier, probiert es doch, ich spüre nichts. Nichts spüre ich da. Ich bin ein Superheld.

Tati kannte all das. Wenn Tatis Mutter am Nachmittag nach Hause kam, meckerte sie als Erstes den Alten an, wie sie Tatis Vater nannte, wohl weil er wie ein Alter den ganzen Tag auf dem Sofa gesessen hatte. Auf dem Sofa mit dem samtenen kürbisfarbenen Muster, das ganz ausgezeichnet zu seinen beigefarbenen Löckchen und dem Schnauzbart passte. Überhaupt passte der Vater sehr gut in dieses orangebraune Haus mit den erdigen Farben. Er war auf seinem Sofa mit dem Haus verschmolzen.

Tatis Mutter dagegen war nicht mit dem Haus verschmolzen. Dafür war sie zu wenig zu Hause. Wenn sie da war, schimpfte sie, weil keine Milch im Haus war und kein Brot. Tatis Vater blieb ganz ruhig und sagte keinen Ton, weil sie drohte, ihn rauszuschmeißen, den faulen Drecksack, der noch nicht mal für Brot und Milch im Haus sorgen konnte und von der Stütze lebte. Der dreckige Schmarotzer, wie sie sagte, und ich wusste nicht, was die Stütze war und wieso man von ihr lebte noch was ein Schmarotzer war, aber da darin das Wort Rotz vorkam, konnte es nichts wirklich Gutes bedeuten, erklärte ich mir.

Tati kannte all das. Sie wusste auch, dass der Vater manchmal anfing zu weinen, und das war dann der Zeitpunkt, an dem sie ihre zu große Jacke anzog und mit mir hinausging in den windigen dunklen Hof zu den Karnickeln und begann, mir Geschichten zu erzählen mit ihrem Sprachfehler, an den ich mich heute nicht mehr genau erinnern kann. Ich weiß aber noch, dass es ihn gab, dass da etwas anders war in ihrer Art zu sprechen, irgendetwas, vielleicht ein Holpern, ein Lispeln, ein Buchstabe, den sie anders aussprach. Sie erzählte mir Geschichten von vergrabenen Geschwisterkindern und getöteten Katzenbabys in der Regentonne, versteckten Landstreichern auf dem Heuboden und einem Fisch, der im Teich lebte. Geschichten, die ich alle glaubte, bis sie mich auslachte und sagte: Bist du doof? Das glaubst du doch nicht wirklich?!

Aber ich glaubte ihr alles, weil sie so stark war und ich sie bewunderte. Dann rief die Mutter nach ihr. Tatjana!, schrie es durch die Dunkelheit, nur einmal, aber in einem Ton, der keine Verzögerung, kein Verstecken, kein Weglaufen duldete, ein Ton, der den Vater zum Weinen brachte und Tati springen ließ wie die Karnickel in ihren Ställen, wenn sie die Stimme hörten, die unsere höfische Dunkelheit durchschnitt.

Tati kannte all das. Sie wusste auch, dass sie dann losziehen musste, um beim Diepel Brot und Milch zu kaufen, aber dalli, denn der machte um sechs zu. Also los, los mit dem Fahrrad ihrer Mutter, das viel zu groß war und das sie fuhr wie ein wildes Straßenmädchen, mit mir hinten auf dem Gepäckträger, während sie vor Wut heulte, während sich ihre Mutter ein Bad einließ, in die beigefarbene Wanne, weil ihr alles wehtat vom Stehen am Band.

Von Tati habe ich gelernt, wie man an diesen Nachmittagen all das klaute, was man nicht kaufen konnte, weil kein Geld da war. Ich kannte sie alle, die Tricks. Das In-den-Ärmel-gleiten-Lassen von Kaugummis, Füllern, Schokoriegeln und den harten Salamis, weil wir die so mochten, obwohl mir danach immer schlecht war und ich am nächsten Tag Bauchschmerzen hatte. Ich aß sie trotzdem manchmal und noch viele andere Sachen. Wir übten alle möglichen Tricks beim Einstecken und wurden immer besser. Das Taschenaufhalten und Reinfallenlassen, das In-eine-andere-Richtung-Gucken, das Husten und etwas Einstecken, das Sich-am-Kopf-Kratzen, um Wimperntusche oder Bleistifte unter die Mütze zu schieben. Das ehrliche Schauen, den Augenaufschlag und das Ausrichten der Grüße der Mutter, wenn man an der Kasse stand mit der Milch und dem Brot, der Butter und den Haferflocken und noch ein paar Bier und Zigaretten für den Alten, damit der seine Ruhe gab, wie Tatis Mutter uns aufgetragen hatte. Draußen stiegen wir wieder aufs Rad und setzten uns auf den dunklen Spielplatz. Wir aßen alles auf einmal, Schokolade, Salami und Kaugummi. Manchmal holte Tati eine geklaute Zigarette aus den Tiefen ihrer Jackentasche, eine Marlboro vom Vater, eine die Freiheit versprach, wie sie wusste, weil sie das auf der Litfaßsäule gesehen hatte. Sie pustete den Rauch aus und sagte: Der Geschmack von Freiheit und Abenteuer, weil es da stand, unter dem Mann, einem Cowboy, der durch ein Flussbett ritt. Wir saßen also auf den zwei sich drehenden Scheiben auf dem Spielplatz und rauchten abwechselnd diese Zigarette mit Pustebacke für das Abenteuer und die Freiheit. Wir versuchten Wölkchen und Ringe und mussten davon husten. Dann setzte mich Tati bei mir ab, denn es war oft schon dunkel. Eigentlich mussten wir immer zu Hause sein, wenn die Straßenlaternen angingen. Also ließ sie mich absteigen und rief: Tschüss, bis morgen! Und ich hoffte, als ich das Gartentor hinter mir schloss, dass sie am nächsten Morgen nicht mit noch mehr blauen Flecken, als da ohnehin schon auf dem Rücken waren, in die Schule kommen würde. Man sah es in der Umkleidekabine beim Sport, und ich beobachtete genau, ob zu den grünen und gelben Flecken keine blauen dazugekommen waren.

Wir waren sieben Jahre alt.

Wenn man sich erinnert, dann fällt einem auch auf, was man vergessen hat. Das Vergessene, an das man sich nicht erinnern kann oder will. Das, das aufblitzt zwischen den Erinnerungen, den Versatzstücken, Brüchen und Einzelbildern, die sich wie Standbilder aneinanderreihen und somit einen Film ergeben – einem Daumenkino ähnlich, das ich mit vielleicht sieben Jahren aus den Seiten einer Zeitschrift heraustrennte, auseinanderschnitt und mit Micks Hilfe mit einem Tacker zusammenheftete. Flippte man mit dem Daumen durch die Bilder, stieg ein kleiner dicker Mann die Treppe hinauf und verschwand in einer Tür, über der ein Kuckuck drei Mal schrie. Die letzten Bilder zeigten, dass sich diese Szenen tatsächlich in einer Kuckucksuhr abgespielt hatten. Was die Bilder nicht zeigten war, wie er wieder herauskam, wie er überhaupt hineingekommen war. Lebte er womöglich in der Uhr? Was machte ein kleiner dicker Mann in einer Kuckucksuhr, von der man dachte, sie sei nur von einem winzigen Vogel bewohnt. Vielleicht war dieser Mann für die Uhr zuständig, ging dort zur Arbeit und wohnte in ihr wie der Hausmeister unserer Schule, der auch in einem Teil des Schulgebäudes wohnte und somit also für immer in der Schule leben musste, wie mir schwante. Schreckliche Vorstellung, dachte ich und bekam sofort Mitleid mit dem Hausmeister und auch mit dem Kuckucksuhrmann. Ich warf das Daumenkino in den Müll.

Jetzt könnte man fragen. Nach den Erinnerungen, und wie es war in der Zeit zwischen den Bildern, zwischen den wenigen Fotos, die den großen Wasserschaden im Keller noch überlebt hatten. Aber das mit den Fragen war von jeher ein schwieriges Thema in unserer Familie. Als Kind wusste man nie, ob man etwas Dummes gefragt hatte, auf das Erwachsene mit Gelächter, Ungeduld oder unterschwelliger Wut reagierten. Also ließ man das mit dem Fragenstellen lieber sein. Ich stellte bald gar keine Fragen mehr und wenn, dann richtete ich sie nur an Unseresgleichen. An meine Brüder zum Beispiel. Den Rest beantwortete ich mir selbst. Warum im Meisenweg alle Meisen wohnten, schien logisch. Warum es hieß, dass mein Vater kein Glaser sei, wenn man beispielsweise jemandem im Weg stand, verstand ich dagegen nicht. Warum in aller Welt hätte ich durchsichtig sein sollen, wäre mein Vater Glaser gewesen? Das erschien mir wenig logisch.

Zumal mein Vater kein Glaser war, sondern irgendetwas mit Maschinen machte. Anders als sein Vater und Großvater und Urgroßvater und seine Brüder war er nicht Förster geworden, weil er keine Tiere ausnehmen konnte. Ein Förster musste aber manchmal Tiere töten und sie dann auch ausweiden, ihnen die Organe herausnehmen und die Haut abziehen. Die Bauern bei uns im Dorf halfen ihren Kälbern auf die Welt und mussten dann beispielsweise eine Hand in den Po einer Kuh reinstecken können, aber ebenso mussten sie ihnen mal das Leben nehmen und dann auch Tiere ausweiden, zum Beispiel Schweine, aus denen sie dann Blutwurst und Leberwurst machten. Vater weidete lieber Maschinen aus, das war nicht so blutig, erklärte ich mir. Er verstand viel von Maschinen und ihren Innereien, so viel, dass er sie später in einem Ganzen verkaufen konnte. Daher war er meistens nicht bei uns, sondern in Hamburg. Er kam uns am Wochenende besuchen und brachte uns von seinen Fahrten manchmal etwas mit. Mick und Joon bekamen Autos, mir brachte er kleine Püppchen mit, für die ich wenig Verwendung fand. Am Samstagnachmittag rief er uns zu: Geht vom Fernseher weg, euer Vater ist kein Glaser!

Verstehe einer die Erwachsenen, dachte ich.

Erwachsene waren also eine Klasse für sich, die man besser mied. Das ging nicht nur mir so, sondern eigentlich allen Kindern in meiner Umgebung. Man hielt sich fern. Die, die es nicht taten, erkannte man schon von Weitem. Sie waren eher brav, trugen ordentliche Frisuren mit geradem Mittelscheitel, gebügelte Hemden und saubere Jacken. Zu Hause ging es bei ihnen vornehm zu. Bei Tisch legten sie sich Stoffservietten auf den Schoß und auf dem Schulhof aßen sie ihr Brot mit darunter gehaltener Hand, damit keine Krümel den Boden beschmutzten. Nach der Schule dann auf dem Heimweg wurden sie von irgendwem verprügelt und von Mick schließlich herausgeboxt. So sah es nämlich aus. Mick hatte ein großes Herz.

Wir hatten ein enges Verhältnis, Mick und ich. Ich bewunderte meinen großen Bruder und versuchte, ihn in allem zu imitieren. Mick pinkelte gern in den Garten, also machte ich es ihm nach. Stoisch und verbissen übte ich so lange, ebenfalls im Stehen pinkeln zu können, bis Mutter uns das Freilandschiffen verbot, weil der Rasen sich an manchen Stellen bereits gelb verfärbte. Mick und ich teilten uns im Erdgeschoss so lange ein Zimmer, bis wir ein paar Jahre später im neu ausgebauten Dachboden unsere eigenen Räume bekamen. Da war ich vier Jahre alt und Mick wurde bald sieben und sollte in die Schule kommen, weshalb er ein eigenes Zimmer brauchte, um lernen zu können, wie Vater fand. Micks neues Zimmer lag meinem jetzt auf dem Gang gegenüber, und wenn ich in der Nacht einen Albtraum hatte, etwas Gruseliges hörte oder seltsame Schatten sah, huschte ich zu ihm hinüber und schlüpfte unter seine Bettdecke. Dann knurrte er kurz verschlafen, legte aber doch einen Arm um meine Schulter und schlief sofort weiter, während ich noch eine Weile auf ungewöhnliche Geräusche lauschte, bis ich endlich in meine Schlafwelt glitt. Mick beschützte mich und die ganze Welt.

Wir waren die beiden Ersten gegen die Eltern, meinte er mal. Das schweißt zusammen, sagte er und spuckte seinen Kirschkern doppelt so weit wie ich meinen. Ich nickte und steckte mir eine neue Kirsche in den Mund.

Die Treppe zum neu ausgebauten Dachboden führte in einer Linkskurve nach oben, und nachdem sie fertiggestellt war, erklommen wir sie zum ersten Mal. Mutig lief ich hinter Mick her und fühlte mich wie auf einer Mondexpedition. Hinter uns kam Mutter mit Joon auf dem Arm.

Oben bekam ich also mein ganz eigenes Zimmer mit einem schrägen Fenster, das man kippen konnte und auf dem manchmal morgens oder abends im Sommer die Amseln saßen, sodass man sie sehr genau von unten sehen konnte, die Füße und den Popo. Oft bin ich aufgewacht und guckte direkt in den Popo einer Amsel, während es im Raum nach Holz roch und mich von den Wänden Gesichter aus Astlochaugen anstarrten. Ich erklärte mir, dass es die Gnome und Trolle sein mussten, die im Wald in den Bäumen gelebt und es nicht schnell genug herausgeschafft hatten, bevor die Holzfäller angerückt waren. Jetzt starrten sie mich aus ihren Holzgräbern mit ihren traurigen oder lieben Gesichtern an. Gesichter, die sehr lang auf mich blickten, wenn ich abends in meinem Bett lag. Zur Beruhigung schlich ich mich über den Flur zu Mick hinüber und kroch unter seine Decke.

Mick hatte das Zimmer direkt neben dem Gästezimmer bekommen, das ab und an vermietet war. Dort wohnten für jeweils ein paar Semester seltsame Menschen, die sich Studenten nannten. Seltsam deswegen, weil diese Studenten immer Hunger hatten, aber mutmaßlich recht alt waren. Sie waren groß gewachsen und trugen häufig einen Schnauzbart, besuchten aber in Lüneburg oder seltener in Hamburg noch eine Schule, die sie Hochschule nannten. Darunter stellte ich mir eine Schule in einem Hochhaus vor, denn diese Studenten waren ja auch ziemlich hoch im Gegensatz zu uns. Wenn man fragte, was sie da so lernten in der Hochschule, sagten die meisten zu unserer Entgeisterung, sie wollten Lehrer werden. Als ein neuer Student als Untermieter einzog, der länger bleiben sollte und fortan zum Frühstück immer mit uns am Tisch saß, ließen Mick und ich ihn nicht aus den Augen, während wir unsere Cornflakes aßen. Mutter brachte mehr Kaffee und Toast und fragte, ob er auch ein Spiegelei wolle, und während der Student, der Simon hieß, immerzu nickte und sich bedankte, sahen Mick und ich uns stumm, aber vielsagend an. Joon war vollauf damit beschäftigt, seine Cornflakes zu essen, und schien nichts merkwürdig zu finden, aber Joon war in unseren Augen ja auch noch ein Baby. Kaum war Mutter also wieder in der Küche, um ein Spiegelei zu braten, nutzten wir die Chance, verbotenerweise nachzufragen. Verbotenerweise, weil Mutter uns vorher scharf angewiesen hatte, dem armen Jungen keine Löcher in den Bauch zu fragen. Wieder etwas, das niemand verstehen konnte außer den Erwachsenen, denn wer bitte schön konnte armen Jungen schon Löcher in den Bauch fragen? Wir jedenfalls nicht.

Was denn für ein Lehrer?, fragte Mick also, kaum hatte sich die Zimmertür hinter Mutter geschlossen, und dieser arme Junge, der eben Simon hieß und für die nächsten Jahre bei uns wohnte, antwortete: Für Deutsch und Musik. Wir sahen ihn mit hochgezogener Oberlippe an, als habe er einen Witz gemacht, den wir nicht verstanden.

Deutsch kannst du doch schon, das musst du doch nicht mehr an der hohen Schule lernen, rief ich und lachte wie ein rostiger Eimer, sodass auch Mick lachen musste und sich an seinen Cornflakes verschluckte. Das passierte, und wenn ihm dann die Milch aus der Nase herauskam, krähte Joon aufgeregt. Er liebte es, wenn die Milch aus Micks Nase wieder in die Schüssel tropfte, und schlug dann jedes Mal begeistert mit seinem Löffel in sein Schälchen, bis die Milch über den Tisch und an die Wände spritzte. Das wiederum fand ich ziemlich witzig, genau wie Mick, und so wurde es ganz schön lustig, bis Mutter hereinkam, die das alles gar nicht komisch fand. Und auch der Lehrer sah ein bisschen aus, als hätte er Löcher im Bauch, während er seine Finger zur Beruhigung auf dem Tisch bewegte wie auf einem Klavier. Damit hatten wir aber nun wirklich nichts zu tun.

Ich vermisste Mick in meinem einsamen Zimmer, und ich war nie sehr gut im Vermissen. Als wir Jahre später nach Berlin zogen, vermisste ich Mick noch viel mehr. In Berlin durfte man nämlich zunächst gar nichts allein, bis man sich eingewöhnt hatte, was vor allem die Erwachsenen betraf. Es wurde also besser, als die sich in der Stadt eingewöhnt hatten, dann konnte man am Nachmittag als Kind schon auch mal die Gegend erkunden, aber natürlich nicht ansatzweise wie auf dem Dorf. Dazu gab es in Berlin entsetzlicherweise weder Faschingsfeste noch Osterfeuer oder Mattenherrnsingen, das traditionelle Martinssingen.

Beim Osterfeuer war es sehr lustig mit den Jungs von der Freiwilligen Feuerwehr, die uns Kindern das Sprungtuch hinhielten, wenn sie genug Schnaps getrunken hatten. Das war damals etwas ganz Besonderes. Das Sprungtuch kam direkt hinter der Hüpfburg, die in einem etwas weiter entfernten Dorf einmal im Jahr zum Sommerfest aufgebaut wurde, was ich auf einem Bild im Gemeindekasten gesehen und entziffert hatte. Ich bequengelte meine Mutter also so lange, bis sie mit uns eines Sommers, als wir schon etwas größer waren, dort hinfuhr und uns für das damalige Vermögen von zwei Mark pro Kopf in dem luftgefüllten Gummischloss hüpfen ließ. Wir hüpften drauflos, aber Joon und Mick schubsten sich irgendwann und sprangen gegenseitig aufeinander. Joon stand plötzlich auf der Hand eines anderen Jungen, während Mick sich beim Hüpfen an fremden Pferdeschwänzen festhielt. Ich dagegen meinte, jetzt endlich wirklich fliegen zu können. Es gab also wie immer irgendwelches Geschrei. Dabei zog der Hüpfburg-Aufpasser Joon an einem Ohr aus der Burg, weil der auf jemanden draufgesprungen war, und meine einzige Sorge war, dass die brennende Kippe, die der Mann in seinem Mundwinkel stecken hatte, nicht herunterfiel und die ganze Hüpfburg wie ein pupsender Ballon in sich zusammensackte. Ich kniff also die Augen zu und hüpfte still und stoisch in der Ecke vor mich hin, und wenn Mutter uns rief, tat ich, als sei ich unsichtbar. Als wir nach Hause fuhren, hatte ich das Gefühl, ich sei monatelang zur See gefahren, so schwindelig war mir.

Mit dem Wissen, dass wir nach Berlin ziehen würden, weil Vater dort eine Stelle angeboten bekommen hatte, die er nicht ausschlagen wollte, und Mutter keine Lust mehr hatte, die ganze Woche mit uns Kindern allein zu sein, begann für uns Kinder die Phase der allerletzten Male. Unter vielem anderen fanden zum letzten Mal ein Laternenumzug, Mattenherrn, das Weihnachtssingen vor der Kirche, die Silvesterfeier auf der Koppel, das Osterfeuer und die allerletzten Kindergeburtstagsfeiern statt. All das, was wir liebten und bewusst genießen wollten, bevor wir in die große Stadt Berlin zogen, in der die Kinder schon rauchten und in Hochhäusern wohnten, wie ich aus einem Film über Berlin wusste. Auf die Hochhäuser freute ich mich schon, denn das war ja genau wie in *Luzie, der Schrecken der Straße*. Ich freute mich besonders auf meine Knetmännchen, die in Berlin sehr wahrscheinlich zum Leben erwachen würden, denn die Knete, die ich bei unserem Diepel geklaut hatte, blieb einfach nur Knete und konnte leider gar nicht laufen, sprechen und freche Sachen machen wie in dem Film, den wir mal im Fernsehen gesehen hatten.

Jedenfalls begingen wir die allerletzten Male stets sehr feierlich in dem Bewusstsein, dass es nie wieder so werden würde wie früher. An Mattenherrn bastelten wir uns Papierlampions und zogen am Abend damit und mit den Kindern aus der Nachbarschaft mit Hut und Mantel verkleidet von Haustür zu Haustür. Vor den Haustüren klingelten wir Sturm und sangen im Chor: Matten, Matten Herrn, die Äppel und die Beern, die haben wir so gern, liebe Leute gebt uns was, liebe Leute gebt uns was.

Joon, Mick und ich schmetterten den Text lauter denn je, und wenn die lieben Leute uns nichts gaben, schmierten wir ihnen Zahnpasta unter ihre Türklinken oder in Ermangelung von Klinken auch mal Honig auf die Klingelknöpfe. Die meisten Leute gaben uns aber etwas, meistens Bolschen. Ich dachte eine sehr lange Weile, dass das Wort Bolschen nur alte Bonbons bezeichnete, die schon so verklebt waren, dass man sie nicht mehr aus dem Papier bekam und sie immer außen matschig und innen hart waren beim Lutschen. Es klärte sich irgendwann auf. Offenbar gab es Bolschen auch in frisch, nur selten zu Mattenherrn.

An diesem letzten Mattenherrn, als wir das allerletzte Haus im Dorf abgeklappert hatten und die anderen sich in einer Gruppe auf den Heimweg machten, sahen Joon, Mick und ich uns an. Wir wussten, wir würden es dieses eine Mal wagen. Etwas außerhalb des Dorfes stand der Hof einer verschrobenen Familie, die sich im Dorf nie blicken ließ. Der Alte war nach dem Tod seiner Frau verrückt geworden und seine drei Jungs waren allesamt faul, dumm und versoffen, munkelte man. Keines der Kinder war aus diesen Gründen jemals zum Mattenherrnsingen zum Hof der Nietermänner gelaufen und keines hätte es jemals gewagt. Nur wir an diesem Abend, wahrscheinlich einfach, weil es unser allerletztes Mattenherrnsingen war.

Schon von Weitem schlugen die Hunde an, als wir im Dunkeln den Feldweg mit unseren Laternen entlangliefen. Kurz bevor wir den Hof erreichten, ging vor dem geschlossenen Tor ein Scheinwerfer an und die Hunde dahinter spielten komplett verrückt. Ich weiß noch, dass Joon sagte, dass es ja irgendwie gar keinen Sinn hätte, hier zu singen, wenn die Hunde so laut seien, und überhaupt, wo sei denn bloß die Klingel? Während wir diese suchten, wurde es hinter dem Tor plötzlich totenstill. Vereinzelt hörte man noch ein Winseln von einem der Hunde, ansonsten gruseligerweise keinen Ton mehr. Wir sahen uns mit aufgerissenen Augen an. In dem Moment fackelte plötzlich Joons Kerze im Lampion das Papier ab. Und vor lauter Schreck setzte er mit dem brennenden Lampion auch noch meinen in Brand. Auf die Erde schmeißen, brüllte Mick und trat mit den Füßen auf die Flammen ein. Aber sie schlugen schon zu hoch und so fing Micks Jacke Feuer. Ich sehe manchmal in meinen Träumen noch das Bild von Micks brennender Jacke wie ein Standbild vor mir. Mick schrie und versuchte, seine Jacke auszuziehen, schaffte es in der Panik aber nicht, bis plötzlich ein lautes Geräusch ertönte. Hinter Mick stand vor dem

Tor der alte Nietermann mit einem Feuerlöscher, den er auf Micks Hintern hielt, bis alle Flammen erstickt waren und Mick wie ein schmelzender Schneemann aussah. Wir standen wie erstarrt und sahen den Alten an, der uns unter buschigen Augenbrauen finster musterte und meinte: Nu habt ihr euer Mattenherrn gehabt. Er drehte sich um und ging wieder durch sein Tor, während wir drei langsam zum Leben erwachten, uns umarmten und Joon und ich vor Schreck weinen mussten. Die Strafe folgte auf dem Fuß. Wir mussten ohne Licht über das dunkle Feld nach Hause laufen. Mick war komplett nass und aufgeweicht, seine Schuhe schmatzten bei jedem Schritt und seine vorher gesammelten Süßigkeiten waren mit der Plastiktüte zu einer einzigen Bolschenmasse geschmolzen.

Dieses Mattenherrn war unser letztes. Nie wieder lief einer von uns noch mal Mattenherrn, und vielleicht wäre das auch ohne unseren Umzug so gewesen, einfach weil dann im Jahr darauf der Unfall passierte.

Sommers aßen wir uns neben den Mahlzeiten zu Hause in unserem oder den umliegenden Gemüsegärten satt. Es war einfacher, vom Spielen kurz abzuzweigen, sich in den Garten zu quetschen und sich über die Stachel- oder Johannisbeeren am Strauch herzumachen oder junge Erbsen direkt aus der Schote durch die Zähne zu ziehen, als sich drinnen umständlich ein Brot zu schmieren. Wir aßen, was der Garten hergab, weil wir es mochten und dabei das Gefühl hatten, wie eine Räuberbande über das Obst und Gemüse herzufallen. Wir integrierten es in unser Spiel, tranken danach aus der Regentonne und pinkelten hinter die Büsche, um uns wie echte Räuber zu fühlen. Und auch, um gar nicht erst im Haus auftauchen zu müssen. Es hätte sein können, dass wir dort unserer Mutter über den Weg gelaufen wären, die uns an unangenehme Dinge erinnert hätte. Dinge wie, ob wir die Hausaufgaben schon erledigt hätten oder unsere Zimmer aufgeräumt waren. Solchen und ähnlichen Erinnerungen gingen wir lieber aus dem Weg.

Wenn mein Vater am Wochenende aus Hamburg nach Hause kam, stellte er uns ähnliche Fragen, auf die er manchmal gar keine wirkliche Antwort erwartete. Wie lief es in der Schule?, fragte er beispielsweise und schaute munter. Gut, antworteten wir, und meist reichte das als Antwort. Antwortete man mehr als das Übliche, weil man womöglich etwas zu erzählen hatte, eine Arbeit oder einen Hefter vorzeigen wollte, verfiel er in eine Art geistesabwesenden Zustand, indem er nickte und lächelte und ab und zu Gut oder Schön sagte. Innerlich war er ganz woanders, mutmaßte ich bald. Auch ansonsten war er für uns eher wie ein liebgewordener Gast, ein regelmäßig wiederkehrender Stammgast, aber doch ein Gast, der in unserem Kinderleben keine alltägliche Rolle spielte. Wenn er unter der Woche zur Arbeit fortfuhr, übernahm Mick Vaters Rolle manchmal. Damals beobachtete ich mal, wie Mick sich von Vater verabschiedete und dieser ihm beim Abfahren aus dem Auto zurief: Pass schön auf deine Mutter und die Kleinen auf!

Wenn Vater am Freitagabend nach Hause kam, war er müde von der Woche, und Mutter wies uns Kinder an, uns leise zu verhalten, draußen zu spielen oder in den Zimmern, denn Vater brauchte seine Ruhe. So begegneten wir ihm auf unseren wochenendlichen Wegen eher selten. Wir hielten uns fern, sahen ihn am Samstag manchmal aus der Ferne unkrautjätend in den Beeten oder mit einer großen Schere an den Büschen oder Bäumen im Garten, ansonsten versteckte er sich viel hinter einer Zeitung, und bei den gemeinsamen Essen wurde nicht viel gesprochen. Wir Kinder sollten nicht und die Erwachsenen wollten nicht sprechen. Wenn wir wegen etwas um Erlaubnis fragten, wandten wir uns an Mutter, die am Wochenende oft antwortete: Fragt euren Vater. Das wahrscheinlich, um mal etwas nicht allein entscheiden zu müssen, weil sie in der Woche immer alles alleine entscheiden musste. Kamen wir also zum Vater, der im Unterhemd Zeitung lesend im Sessel saß, antwortete der wiederum: Fragt eure Mutter.

Die sagt, wir sollen dich fragen, riefen wir im Chor.

Er fragte darauf: Und was sagt sie noch?

Wir zuckten mit den Achseln.

Also gut, dann macht, rief er, und ich war mir nicht sicher, ob er es nicht vielleicht einfach sagte, um uns loszuwerden und wieder seine Ruhe zu haben. Manchmal war ich mir noch nicht mal sicher, ob er wusste, worum es ging.

Verwirrend war auch, dass wir Kinder häufig zu klein für etwas sein sollten, wie zum Beispiel einen

Western im Fernsehen anzusehen, und wiederum alt genug, um allein zum Zahnarzt zu gehen, obwohl ich immer Angst hatte, dass der bohren würde. Bohren schien mir an sich schon unangenehm, aber in den Zähnen sollte es nach Micks Erzählungen so höllisch weh tun, als wenn man eine aufgeplatzte Nase hatte. Auf keinen Fall wollte ich also in den Zähnen herumgebohrt bekommen und putzte meine Zähne daher so akribisch und manchmal zweimal hintereinander, damit mir alle seltsamen Erwachsenen mit Bohrer fernblieben.

Erwachsene waren sowieso meist seltsam, und es war besser, man hielt sich von ihnen fern, damit sie nicht auf dumme Ideen kamen. Erwachsene hatten nämlich viele dumme Ideen, von denen man sie schwer wieder abbringen konnte, wenn sie erstmal einer verfallen waren. Zum Glück erkannte man Erwachsene schon von Weitem an ihrer Körpergröße und ihren interessanten Kleidungsstücken, die uns Kindern nicht zugänglich waren. Viele Frauen trugen eine Schürze über ihren Sachen, weil sie im Garten, auf den Feldern oder in der Küche zu tun hatten, und Väter trugen zum Beispiel karierte Hemden und zu Hause immer bloß gerippte, weiße Unterhemden. Ich erinnere mich an ganze Urlaube, die mein Vater zu Hause in Unterhemd und irgendeiner bequemen Hose im Garten verbrachte. Auch die Väter meiner Freundinnen trugen in ihrer Freizeit zu Hause Unterhemden. Sie zogen sich lediglich etwas über, wenn sie das Haus verließen, um arbeiten, einkaufen oder auf ein Bier in die Kneipe mit der Kegelbahn zu gehen. Das Unterhemd war der Ausdruck des eigenen, unbedingten Wohlbefindens.

Als ich klein war, imitierte ich meinen Vater in vielen Dingen, denn da sich Mick an ihm orientierte, musste das gut sein. An einem Wochenende saß ich neben meinem Zeitung lesenden Vater im Unterhemd auf dem Sofa und las alte *Fix und Foxi*- oder *Yps*-Hefte von Mick. Manchmal grummelte mein Vater unwillig über eine Nachricht oder blätterte die Seiten unwirsch um, und auch das übernahm ich. Meine Unterhemden waren dabei leider bunt und nicht so schön weiß und gerippt wie die meines Vaters, aber als ich ihn an einem Nachmittag mal fragte, ob er mir eins von seinen schenken würde, schaute er irritiert von seiner Zeitung auf und sagte: Die passen dir nicht. Damit war das Thema für ihn erledigt. Tati und ich klauten daher einfach immer mal wieder eins aus seinem Schrank, und weil wir nicht wussten, wo wir sie lassen sollten, ohne dass unser Diebstahl entdeckt wurde, versteckten wir sie im Wald in unserer geheimen Hütte hinter dem Bahndamm, dem Ort, an dem wir uns am Nachmittag trafen, obwohl wir diesen eigentlich nicht betreten durften.

Da der Bahndamm aber so verboten war, dass sich die meisten Kinder tatsächlich daran hielten, befanden Tati und ich, dass unsere Hütte dort wenigstens endlich mal geheim bleiben würde. Wir hatten uns dort eine Art Tipi aus zusammengestellten Ästen gebaut und es mit Reisig, alten Plastikplanen und Blättern bedeckt. Diese Hütte bot uns einen Zufluchtsort.

Nach und nach brachten wir unsere Schätze dorthin, meist also unser Raubgut. Wir hatten Grablichter vom Friedhof an den Eingang gestellt und Blumen in den dunkelgrünen Plastikvasen, die man in die Erde stecken konnte, daneben platziert. Zwei Kissen, die zuvor draußen auf Stühlen vor dem Bäcker gelegen hatten, ließen es im Innenraum gemütlicher werden, dazu hatten wir einen Tisch gebaut, der aus einem Brett über einem Autoreifen bestand. In einem Korb, der an einem Ast hing, horteten wir unseren Proviant, der aus ergaunerter Salami, Schokolade, geklauten Kaubonbons und Coladosen aus dem Diepel bestand. In einem Straßengraben fanden wir ein quietschoranges Telefon mit einer kaputten Wählscheibe, das stellten wir auf den Tisch, legten einen Stift und einen Block daneben und spielten Detektei. Wir nannten uns DFSF, Detektei für die schwierigen Fälle. DFSF war von da an auch Tatis und mein geheimes Signal in der Schule oder unter anderen Feinden, wenn wir uns etwas mitzuteilen hatten, das für Fremdohren nicht bestimmt war. Tati hatte aus dem Schuppen ihrer Eltern im Fahrradkorb eine Metallkiste in das Geheimversteck transportiert, in der wir alles aufbewahren konnten, was bei einem Regenguss nicht nass werden sollte, unter anderem die Unterhemden meines Vaters. Diese Unterhemden zogen wir im Sommer abwechselnd an, und wenn wir keine Fälle zu bearbeiten hatten, spielten wir Vater, Mutter, Kind. Das Kind war eine in mein T-Shirt geschlagene Coladose, da wir nicht daran gedacht hatten, eine Puppe einzupacken. Ich mochte es nicht sonderlich, wenn Tati der Vater war, weil sie dann bloß die Cola leer trank oder vor sich hinstarrte, während ich das starke Bedürfnis verspürte, sie aufzuheitern. Also schlug ich andere Spiele vor, und wir zogen dafür eines der Unterhemden an, als wäre es eine Insignie der Macht.

Im Sommer standen wir manchmal einfach nur in den Unterhemden im Wald und schrien uns die Seele aus dem Leib oder wir spielten einsame, arme Waisenkinder und zogen uns dafür nackt aus. Waisenkinder hatten keine Kleidung, meinten wir und sprangen nackt durch das Unterholz, bis uns die Riesenameisen angriffen. Manchmal umarmten wir uns und das fand ich sehr angenehm, denn außer in der Nacht von Mick wurde ich normalerweise nur zu Geburtstagen umarmt. Nackt im Wald spürte ich, wie gut es tat, wenn einen jemand anfasste und einfach nur im Arm hielt. Tati und ich spielten dann, dass wir Zwillinge im Bauch waren, legten uns auf dem Waldboden aneinander und lagen einfach nur so da. Manchmal schlief eine von uns dabei ein.

Einmal erwischte uns Mick. Er konnte ein echter Kotzbrocken sein, sobald seine Leute dabei waren, und so war es nicht verwunderlich, dass er und seine Kumpel unser Geheimversteck entdeckten, unsere Kleidung klauten, mit ihr wegrannten und sich halb tot lachten, während wir nackt und einsam im Wald standen und uns blöd anguckten, bis wir in Lachen ausbrachen. Bis heute habe ich die manchmal befremdliche

Angewohnheit, in wirklich aussichtslosen und eigentlich verzweifelten Situationen erstmal schrecklich lachen zu müssen. So standen wir damals nackt im Wald und schüttelten uns vor Lachen. Etwas später schlichen wir im Unterhemd und jeweils ein geklautes Kissen vom Bäcker vor uns haltend durch das Dorf nach Hause und versteckten uns vor jedem, der uns begegnete. Sicher weiß ich bis heute nicht, ob uns damals jemand längst gesehen hatte, den wir nicht früh genug hatten erspähen können. Am nächsten Tag an der Hütte sahen wir, dass die Jungs inzwischen unsere Salami und die Kaubonbons gegessen sowie die ganze Cola ausgetrunken hatten. Unsere Kleidungsstücke vom Tag zuvor waren im Unterholz des Waldes verschollen und wurden, wie auch ein Paar Schuhe von mir, nie wiedergefunden.

Möchten Sie Tee oder Kaffee?, fragt mich ein Servicemitarbeiter der Bahn und reißt mich damit aus meinen Gedanken. Es riecht angenehm nach Kaffee. Er trägt ein graues Plastiktablett mit mehreren Pappbechern und beugt sich zu mir herunter.

Gern, antworte ich und krame in meiner Tasche nach meinem Portemonnaie. Einen Cappuccino, bitte. Und sagen Sie, kann man etwas gegen diese Kälte im Abteil machen?, frage ich noch.

Er nickt, zieht eine Grimasse und antwortet: Wir sind dran. Aber wir sind ja bei der Bahn, es dauert noch ein bisschen. Dabei lacht er, als habe er diesen Witz zum ersten Mal gemacht. Ich lache mit ihm und reiche ihm die drei Euro für den Kaffee. Zwei Sitze weiter fragt ihn eine ältere Dame ebenfalls nach der Kälte und ich höre wieder seinen Spruch, den die Dame genauso mit einem Lachen quittiert. Der Kaffee ist heiß und ich verbrenne mir die Zunge. Draußen hat sich die Landschaft in weite Felder gestreckt. Der Himmel ist hellblau und nur mit vereinzelten Wolken bedeckt.

Ich denke wieder an Mick und seine Freunde. Nach deren Invasion in unserer Hütte mieden Tati und ich unser Geheimversteck hinter dem Bahndamm für ein paar Wochen und suchten uns andere Beschäftigungen. Wir hofften, das Interesse der Jungs würde bald abflauen und wir könnten uns dort wieder ungestört treffen. Bis dahin erkundeten wir weiter die Gegend, und nachdem Tati zu ihrem achten Geburtstag ein eigenes Fahrrad bekommen und ich das Kinderfahrrad einer Cousine geerbt hatte, erweiterten wir unseren mobilen Radius. Einer unserer ersten Ausflüge führte uns in den fünfzehn Kilometer entfernten Ort, in dem Tatis Tante Lore wohnte. Tati mochte ihre Tante genauso gern wie ich und ärgerte sich, dass sie sie inzwischen kaum noch zu sehen bekam, weil die Familie seit Neuestem mit Tante Lore verstritten war.

Aber jetzt habe ich ja ein Rad! Wir fahren einfach hin und überraschen sie.

Gute Idee, fand ich, da wusste ich noch nicht, wie weit fünfzehn Kilometer an einem Hochsommernachmittag auf einem Kinderfahrrad sein können und auch nicht, dass wir den Weg ja gar nicht richtig kannten.

Das heißt, auf dem Hinweg klappte Tatis Orientierung noch. Wir nahmen zwar ein paar Schlenker über Feldwege mit vielen Furchen, aber das war schon besser, als vorher auf der Bundesstraße andauernd angehupt zu werden. Vor allem die Lastwagen hupten so laut wie ein Schiff, sodass wir erst mächtig zusammenzuckten und dann laut schrien vor Spaß, wenn sie direkt hinter uns lostuteten.

Als wir endlich durstig und nass geschwitzt bei Tante Lore ankamen, schlug die ihre Hände über dem Kopf zusammen. Sie setzte uns in ihre Hollywoodschaukel und verschwand in der Küche, aus der sie mit einem Tablett mit Saftschorle und viel Zwieback mit gezuckerter Butter wiederkehrte. Während wir tranken und den Zwieback kauten, legte sie ihre Hände in den Schoß und sah uns durch ihre dicke Brille besorgt an. Dann fragte sie Tati: Und wie geht es deinem Vater?

Gut, nickte Tati und biss krachend in den nächsten Zwieback.

Und deiner Mutter?

Sie hat viel Arbeit, murmelte Tati mit vollem Mund.

Die Tante nickte, Tati nahm noch einen Schluck von ihrer Schorle, und damit hatte sich das Gespräch schon erschöpft. Tante Lore sah uns beim Essen zu, nickte manchmal, und wir lächelten uns an. Viel später fragte sie sich etwas besorgt: Was mach ich denn jetzt nur mit euch? Eigentlich muss ich jetzt doch mit zurückradeln, aber mein Fahrrad hat einen Platten.

Tati winkte ab: Macht doch nix. Wir schaffen das schon.

Und so ließ uns Tante Lore nach einer Stunde auf der Hollywoodschaukel wieder davonradeln. Ich sehe sie noch vor mir, wie sie mit ihrer Schürze und einem Geschirrtuch vor dem Gartentor steht und uns hinterherwinkt. Später habe ich überlegt, ob sie Tati damit genau auf den Weg gewunken hat, der jetzt vor uns lag.

Wir radelten also zurück. Nur, wie das so ist mit manchen Rückwegen, sie sehen häufig anders aus als die Hinwege. Man erkennt nämlich plötzlich nichts mehr wieder. Jedenfalls erging es Tati so, die irgendwann stehen blieb und ihren Zeigefinger auf die Nase legte, um zu überlegen. Da waren wir schon zum zweiten Mal am selben Schild herausgekommen und Tati rief dieses Mal ganz laut: Ähhh?

Wir änderten also die Richtung, fuhren über Stock und Stein, dass die Bleche an den Fahrrädern schepperten, durch Wälder und an vielen Feldern entlang. Nach Stunden kamen wir schließlich in ein Dorf, in dem wir noch nie waren und wo wir einen Mann an einem Gartenzaun stehen sahen. Außer Atem hielten wir an und fragten nach dem Weg, erklärten, woher wir kamen und wohin wir müssten. Der Mann sah uns etwas merkwürdig an und sagte: Nä, Mädels, das wird doch wohl man nix mehr. Wird ja bald dunkel, ihr Nasen.

Er fuhr einen blauen Wagen mit einer offenen Ladefläche aus der Einfahrt, lud unsere Räder auf und ließ uns vorne Platz nehmen. Dann fuhr er uns die fünfundzwanzig Kilometer nach Hause und wir sangen und wippten auf den vorderen gefederten Sitzen.

Bedingung auf der Fahrt war nämlich, dass wir ihm ein Lied nach dem anderen singen mussten, egal was, Hauptsache Musik, denn sein Radio hatte den Geist aufgegeben, wie er erklärte, und das sei unsere Gebühr für den Fahrservice. Wir sangen also, was das Zeug hielt, einen Cindy- oder Nena-Song nach dem anderen, später auch Volkslieder aus der Schule und ganz zum Schluss Reime aus dem Kindergarten, weil uns nichts anderes mehr einfiel. Als er uns zu Hause absetzte, hatten wir Halsschmerzen vom Singen und Tatis Mutter stand in der Dunkelheit am Gartenzaun und wartete. Sie war inzwischen von der dann doch recht besorgten Tante Lore angerufen worden und wusste über unseren kleinen Ausflug Bescheid. Kaum war Tati aus dem hohen Wagen geklettert, bekam sie zur Begrüßung eine Schelle auf den Hinterkopf. Der Mann erklärte, dass wir offenbar in die entgegengesetzte Richtung gefahren waren und bald schon am Autobahnzubringer gelandet wären. Tatis Mutter lud ihn auf ein Bier und ein Schinkenbrot ein, während Tati ohne Abendbrot ins Bett gehen musste und stattdessen, genau wie ich später bei mir zu Hause auch, eine Woche Hausarrest bekam.

Merkwürdig an der Geschichte war, dass Tati und ich ein paar Wochen später ihre Mutter an der Ecke der Bundesstraße aus einem Wagen aussteigen sahen, der genau so aussah wie der Wagen, mit dem wir von unserer Radtour zurückgekommen waren. Wir konnten nicht erkennen, ob innen auch derselbe Mann saß oder ob das Auto nur sehr ähnlich aussah, aber wir witterten unseren nächsten DFSF-Detektivfall. Ab sofort beschatteten wir Tatis Mama. Zugute kamen uns dabei die gerade einsetzenden Sommerferien, die für mich nicht so glücklich starteten, weil auf meinem Zeugnis der zweiten Klasse in Mathe eine dicke fette Vier stand. Ich wusste schon, woran das lag. Meine Freundin Nina, die in der Schule neben mir saß, hatte bislang meine Arbeiten freundlicherweise mitgeschrieben. Sie war sehr gut in Mathe und ich war dafür sehr gut im Sie-Verteidigen, sobald sie wieder von den Mädchen aus der vierten Klasse geärgert wurde, weil die fanden, sie sei zu dick. Es waren fünf Mädchen, die Nina zusetzten. Wir nannten sie die Trullas, weil sie sich, warum auch immer, jeden Morgen die Haare zu verwehten Feldbüschen föhnten, ihre Fingernägel täglich in anderen Farben lackierten und nur blöde Gesprächsthemen hatten.

Na Fettie, brüllten sie schon frühmorgens vor der Schule über den Hof, wenn Nina mit ihrer täglichen Banane, der roten Mappe auf dem Rücken und gesenktem Kopf an ihnen vorbeischlappte. Eines Tages rannte eine hinter ihr her und schubste sie, sodass die Banane aus der Schale in den Rollsplitt fiel. Mein Einsatz begann daraufhin in der großen Pause. Ich warf der Gruppe böse Blicke mit einem zugekniffenen Auge zu, zog die Nase hoch und spuckte in ihre Richtung. Das hatte ich in einem Western gesehen und fand, es passte als Geste, um meine vollendete Verachtung zu zeigen. Wenn die Trullas ihre Fettie-Schlachtgesänge anstimmten, riefen wir hinüber, sie sollten aufpassen, dass ihre Fingernägel nicht abbrechen, oder ob sie schon gelernt hätten, ihren Namen zu buchstabieren. Dabei gebärdete ich mich wie ein wilder Affe, sodass die Trullas uns Vögel zeigten und uns auslachten. Aber immerhin blieben sie Nina fortan zumindest körperlich fern. Ich vermute, Micks Ruf half uns vielleicht ein bisschen dabei.

Und gerade dann, als sich alles schon so schön eingespielt hatte und Nina auch meine Mathearbeiten für mich mitschrieb, wechselte die Lehrerin zu A- und B-Arbeiten. Damit wurde es schwierig für Nina, zwei verschiedene Arbeiten zu schreiben in der Zeit, die für eine Arbeit zur Verfügung stand. Ich musste also selbst ran. Es offenbarte sich folgendes Problem, das sich nahezu durch meine gesamte Schullaufbahn zog: Ich hatte das Ergebnis, aber nie den Weg dorthin. Der Weg, den die Schule als einzig richtigen oder möglichen vorschrieb, war nicht der Weg, wie sich das Ergebnis in meinem Kopf formte. Und so schrieb ich also in dem vorgezeichneten Kästchen für den Rechenweg manchmal wilde Zahlen aus meinem Kopf, die nicht sehr zusammenhängend als Weg zu erkennen gewesen waren, aber zum richtigen Ergebnis führten. Da man für das Ergebnis aber weniger Punkte in der Bewertung erhielt als für die korrekte Darstellung des Rechenweges, bekam ich also meist Fünfen oder im besten Fall Vieren für meine Rechenbemühungen. So viel zu meiner Entschuldigung. Zur Entschuldigung meiner Eltern muss ich sagen, dass sie von alldem nichts wissen konnten, da ich die Unterschrift meiner Mutter besser unter meine schlechten Mathearbeiten schreiben konnte als sie selbst. Das hatte ich von Mick gelernt, der diese Praktik seit Jahren perfektioniert hatte und mir seine erfolgreichsten Unterschriften zum Durchpausen lieferte und mich mahnend anwies: Nicht absetzen, schön durchschreiben, sonst fällt es auf. Ich setzte nicht ab und so fiel eine ganze Weile nichts auf, bis zum Tag der Zeugnisausgabe. Auf dem Nachhauseweg überlegte ich kurz, ob ich aus einer Vier eine eigentlich verdiente Drei machen sollte, wenn man mal das ungerechte Ignorieren meiner richtigen Ergebnisse bedachte, aber ich ließ es sein. Zeugnisse zu fälschen schien selbst mir unüberlegt riskant und außerdem entdeckte ich das Problem, dass man Zahlen vor allem gut nach oben fälschen konnte und eher schwer nach unten. Aus einer Vier ließ sich schwer eine Drei machen, geschweige denn eine Eins oder eine Zwei, die ohnehin das Misstrauen der Eltern hervorgerufen hätten.

Ich musste dem Unglück der Ungerechtigkeit also ins Auge blicken, und Mutter und Vater fanden daraufhin, ich solle zu meiner Entschuldigung in diesen Sommerferien jeden Tag eine Stunde Mathe üben. Simon, der nervöse Lehrerstudent, fiel als Nachhilfelehrer aus, weil er lediglich auf dem Tisch herumtrommelte, wenn er nicht wusste, was er sagen sollte. Ohnehin bot er sich eher als Deutsch- oder Musiklehrer an, und da hatte ich nun wirklich keinen Nachholbedarf. Somit wurde Mick mein Mathelehrer. Mick war nämlich ein echter Professor, wie mein Vater ihn nannte. Er hatte nur Einsen auf dem Zeugnis des neuen Gymnasiums, und seine Leistungen in Mathe waren in weiten Teilen besser als sehr gut, wie dort unter „Besondere Bemerkungen“ extra noch hervorgehoben wurde.

Besser als sehr gut, sagte ich und zog die Nase kraus, wie soll denn das gehen? Weißt du das Ergebnis schon, bevor die Lehrerin die Aufgabe an die Tafel geschrieben hat? Große Gangster lassen’s mächtig krachen, was?

Mick sah mich vernichtend an und ließ mich ein paar Aufgaben extra lösen.

Oft konnte ich Mick aber bestechen, diese unliebsamen Stunden ausfallen zu lassen. Er liebte nämlich Comics über alles, vor allem *Spiderman*, *Silver Surfer*, *Batman* und die *Yps*-Hefte.Ich brachte sie ihm vom Kiosk mit, indem ich sie unter meinen Pullover schob, während sich die unfreundliche Frau mit den blutegelartigen Venen an den Beinen mühevoll bückte, um mir einen Brausepulverwürfel für zehn Pfennige aus dem Regal ganz unten zu holen. Ich erstahl mir meine mathenachhilfefreie Zeit.

Die Zeit, die ich also nicht bei Mick und seiner Mathenachhilfe verbrachte, nutzten Tati und ich, um unseren neuen Detektivfall um ihre Mutter zu bearbeiten. Wir standen früh auf, schlichen uns aus dem Haus und warteten auf ihre Mutter, die sich aufs Fahrrad schwang und mit einem Schal um den Kopf zur Fabrik radelte. Bald stellten wir fest, dass auf dem Weg um halb sechs Uhr morgens nicht viel Ungewöhnliches zu bemerken war, und da wir sehr früh aufstehen mussten, um die Beschattung zu gewährleisten, beschlossen wir, ihr in den kommenden Tagen erst bei Schichtende gegen drei Uhr zu folgen. Und siehe da. Am zweiten Tag bemerkten wir wieder den blauen Lieferwagen, der vor dem Fabrikgelände stand und kurz mit den Scheinwerfern aufleuchtete. Tatis Mutter schloss ihr Fahrrad ab, und jetzt konnten wir erkennen, dass es derselbe Mann war, der uns damals nach Hause gefahren hatte. Er begrüßte Tatis Mutter wie eine Frau im Film, hob erst sie hoch und küsste sie auf den Mund, nahm dann ihr Fahrrad und hob es auf die Ladefläche. Tati und ich sahen uns an. Tati stand der Mund offen. Ihre Mutter lief um den Wagen herum und nahm auf dem Beifahrersitz Platz, und nach einer kurzen Pause, in der nichts geschah, außer dass ich die Ereignisse stichpunktartig in unserem DFSF-Heft festhielt, fuhr der Wagen los. Tati und ich folgten in einigem Abstand. Als wir sahen, welche Straße er einschlug, kannte Tati eine Abkürzung über die Feldwege. Dummerweise kam der Wagen an der von uns erwarteten Stelle der Straße nicht vorbei, also fuhren wir die Strecke, die das blaue Auto genommen hatte, rückwärts noch einmal ab. Und da, fast hätten wir es schon aufgegeben und wären wieder nach Hause gefahren, sahen wir den blauen Lieferwagen in einem Waldweg, etwas versteckt zwischen Bäumen.

Komm, flüsterte Tati, warf ihr Fahrrad hin und schlich sich seitlich an den Wagen an. Wir duckten uns und sahen durch die Scheibe, dass der Mann Tatis Mutter überallhin biss, ins Gesicht, in den Hals und etwas tiefer, auf Höhe ihrer offenen Bluse. Tati stand einfach nur da und starrte wortlos auf die beiden verschlungenen Körper, während die Scheiben zunehmend beschlugen und uns die Sicht nahmen.

Komm, wir gehen, flüsterte ich ihr jetzt zu und zog sie weg.

Tati folgte mir ungewöhnlich zahm und still, nahm ihr Fahrrad und radelte wortlos mit mir ins Dorf zurück. Am Tor vor ihrem Haus sah sie zu den Fenstern hinüber, sah dann mich an und sagte: Ich geh mal rein. Ich nickte und dann sagte sie: So eine Scheiße. Wenn die sich scheiden lassen, bleibe ich hoffentlich nicht mit dem Alten hier allein.

Tatis Eltern ließen sich nicht scheiden. Es dauerte noch gute zwei Jahre, dann zog Tati mit Heinz, unserem Retter, und ihrer Mutter ins alte Dorf. Ihren Vater sah sie kaum mehr. Er zog etwas später in die Stadt. Ich besuchte Tati nur ein einziges Mal in ihrem neuen Zuhause. Das war bereits nach dem Unfall. Wir wohnten in Berlin und waren zu Besuch in unserem alten Haus, das fast noch genauso aussah wie früher. In Berlin hatten wir neue Möbel gekauft, weil Mutter dem Haus nichts wegnehmen wollte.

Tati lebte zu der Zeit auf einem richtigen Hof. Es gab viel mehr Tiere als nur Kaninchen, und als Erstes steppte ich mit meinen neuen türkisfarbenen Espadrilles in einen warmen Kuhfladen. Während ich erfolglos versuchte, die grüne Masse von meinem Strohschuh zu kratzen, sah Tati mich an und meinte: Ist irgendwie genau wie früher mit dir.

In den endlosen Sommern vor dem Unfall verbrachten wir unsere Tage in der Kiesgrube, deren Betreten nicht nur für uns streng verboten war. Ein Schild am zerschnittenen Maschendrahtzaun warnte mit roten Ausrufezeichen vor dem Betreten der Grube und ihrer Uferzone. Lebensgefahr! konnten wir lesen, aber nicht fühlen, als wir uns bückten und uns mit unseren Badesachen durch die Lücke im Zaun zwängten. Drinnen war es wunderschön. Malerisch umgeben von jungen Birken lag die Grube im hohen Gras, in dem wir auf unseren aneinandergelegten Handtüchern lagen, Karten spielten, die Sprünge der großen Jungs über die hohe Klippe ins Wasser bewerteten und Gurken oder Würstchen aus dem Glas aßen. Wenn eine von uns beim Kartenspiel verlor, musste sie zur Strafe einen Schluck Würstchen- oder Gurkenwasser trinken. Ich erinnere mich, dass Nina davon öfter brechen musste. Nina musste allerdings sowieso öfter brechen, was manchmal ziemlich lustig war, weil es sie so gar nicht zu beeinträchtigen schien. Während ich mich in meinem Leben vielleicht fünfmal hatte übergeben müssen, weil ich einen Pferdemagen hatte, wie es zu Hause hieß, war es mir dabei doch immer ziemlich schlecht gegangen. Nicht so Nina. Sie übergab sich, wie andere Leute niesen, kurz und unprätentiös, etwa in der Pause in den Mülleimer auf dem Schulhof, wischte sich den Mund ab und biss wieder in ihr Brot.

Einmal hatte die ganze Klasse lachen müssen, weil Nina sich wieder so lustig übergeben hatte. In unserem Klassenzimmer gab es ein kleines Waschbecken, in dem der eingeteilte Tafeldienst das Tafelwasser erneuerte oder die Schwämme auswusch. Eines Tages, mitten im Erdkundeunterricht, während unsere Klassenlehrerin Frau Petrus mit einem langen Stock auf ein Schaubild zeigte, erhob sich Nina neben mir, lief ganz ruhig nach vorn, als wäre sie aufgerufen worden, und erbrach sich in einem beeindruckenden Strahl in das kleine Tafelwasser-Waschbecken. Wir Kinder sahen interessiert zu. Frau Petrus drehte sich nach ihr um und fragte konsterniert: Was machst du denn da?

Und Nina guckte auf, wischte sich den Mund mit Wasser und ihrem Ärmel ab und antwortete: Ich breche ins Waschbecken.

Sie sagte es, als sei es die normalste Sache der Welt, und Frau Petrus stand bloß da und wusste nicht, was sie erwidern sollte, während sich die Klasse vor Lachen bog. Nina dagegen war einfach wieder auf ihren Platz gegangen und hatte gänzlich unbeteiligt getan.

Nina war ein liebes Mädchen. Sie hatte blonde, sehr glatte Haare und blaue Augen. Sie war klug und hatte die Angewohnheit, mit der Zungenspitze über ihre Lippen zu fahren, sodass diese stets glänzten. Manchmal ging ich nach der Schule mit zu ihr nach Hause. Sie wohnte im alten Dorf nicht weit von der Schule entfernt, direkt hinter der Kirche in einem schiefen Fachwerkhaus, das von Blumenhecken umrahmt war. Ihre Mutter war eine zarte Frau, die uns jedes Mal selbstgemachten Holunderblütensirup mit Wasser anbot. Der Vater saß meistens am Schreibtisch. Er sah streng aus, trug einen Bart und eine Glatze und war Verwaltungsbeamter in der Stadt. Nina hatte eine ältere Schwester und einen älteren Bruder, der mit Mick befreundet war. Sie gaben sich nicht weiter mit uns ab, aber das war uns ganz recht, denn in der Gruppe waren mir diese Jungs nicht ganz geheuer. Selbst Mick schien dann ein anderer zu sein.

Ich mochte Ninas Haus, weil es so gemütlich aussah und es so viel zu entdecken gab. Überall standen Pflanzen, auf Stühlen lagen schimmernde Kissen mit seidigen Troddeln, an den Wänden hingen Bilder in unterschiedlichen Größen, einem Mosaik ähnlich. Im Flur hing ein Setzkasten. Kleine Porzellanfiguren in ländlichen Kostümen schauten aus den Fächern des Kastens wie im Fernsehen die *Waltons* aus den Fenstern ihres Hauses. Da gab es ein Mädchen mit einem Blumenkorb, einen Mann mit Hut und einer Sense, ein anderer schlug einen Spaten in die Erde, eine Frau pflückte Äpfel und eine weitere sattelte ein Pferd. Aber am allerschönsten waren die drei Kinder, die, sich an den Händen haltend, durch hohes Gras liefen. Ihre Haare wehten im Wind wie ihre Kleidung, und sie sahen sehr glücklich aus. Ich stand gern vor dem Setzkasten und schaute, überlegte, welche der Figuren wohl befreundet waren und wer sich gar nicht leiden konnte, während Nina drängelte, wir sollten nach oben in ihr Zimmer gehen.

Irgendwann mal durften wir ins Wohnzimmer, da wir für den Kunstunterricht eine Eule basteln mussten. Im Wohnzimmer gab es noch viel mehr an den Wänden, wie ich entdeckte. Neben gehäkelten

Hunden, Bildern von blühenden Landschaften und getrockneten Blumensträußen hingen dort auch ein paar seltsame Dinge.

Was ist denn das?, fragte ich, während wir die im Haus vorhandenen Buntstifte anspitzten, um mit den entstehenden Anspitzschnipseln die Eule zu bekleben, und zeigte auf die beiden Geräte an der Wand, die da wie zwei Säbel hingen.

Die Gerten, sagte Nina. Wenn es nicht so schlimm ist, gibt es mit der da, wenn es schlimmer ist, mit der anderen.

Ich sah sie verständnislos an: Was gibt es dann?

Na, auf den Hintern.

Sie zeigte mir, wohin genau. Etwas Derartiges hatte ich noch nie gehört. Wir selbst wurden zu Hause selten gehauen. Wenn, dann eher im Affekt mit etwas, das gerade in Greifnähe war, aber es gab keine eigens dafür vorgesehenen Züchtigungsinstrumente. Wenn meiner Mutter mal die Hand ausrutschte, nahm sie ihren Pantoffel oder ein einziges Mal die Fliegenklatsche. Diese hatte sie zufälligerweise in der Hand, als sie entdeckte, dass ich mir selbst mit der Nagelschere einen Pony geschnitten hatte, weil sie mir keinen hatte schneiden wollen. Oder vielleicht war es auch wegen des alten Lackschränkchens im Bad, das ich aus Versehen mit Nagellackentferner ruiniert hatte, weil mir die Flasche umgefallen war, und je mehr ich gerubbelt hatte, um es abzuwischen, desto mehr hatte sich dummerweise auch der weiße Lack abgelöst, weshalb ich panisch versucht hatte, es mit Deckweiß aus meinem Malkasten zu vertuschen. Keine gute Idee, wie der blaue Abdruck der Fliegenklatsche noch eine Woche später auf meinem Oberschenkel bezeugte. In dieser Woche trug ich aus Trotz meine kürzeste Hose und machte den Abdruck damit sichtbar. Befriedigt nahm ich die Scham meiner Mutter zur Kenntnis, sobald ihr Blick darauf fiel. Und sobald sie in den folgenden Tagen mit mir schimpfen wollte, deutete ich nur wortlos auf meinen Oberschenkel, und schon verstummte sie.

Aber das hier war etwas anderes, dachte ich und sah auf die beiden schwarzen Gerten. Selbst bei Tati, die von uns allen am meisten geschlagen wurde, gab es keine speziellen Instrumente dafür, kein Ritual. Mich schauderte.

Wir stellen uns in eine Reihe, legen uns über sein Knie und Papa haut uns, sagte Nina und spitzte weiter Buntstifte an, wobei sich ihre feuchte Zungenspitze im Mundwinkel zeigte.

Mir schien das merkwürdig. Wie konnte das vonstattengehen? Wer stellte sich schon freiwillig an und wartete, um sich mit der Gerte Hiebe abzuholen?

Lauft ihr denn vorher nicht einfach weg?, fragte ich also, aber an Ninas unverständigem Blick sah ich, dass sie auf diese Idee noch nie gekommen war. All das erzählte ich niemandem, noch nicht mal Tati, weil ich ahnte, dass es ein Geheimnis in Ninas Familie war, von dem ich gerade per Zufall erfahren hatte. Langsam wurde mir klar, dass jede Familie ihr eigenes Geheimnis hatte.

Eine Durchsage ertönt. Wir halten in Salzwedel und werden in einer knappen halben Stunde Uelzen erreichen. Ich scrolle in meinem Handy nach meinem Bahnticket und stelle fest, dass mir nur wenige Minuten bleiben, um den Zug nach Lüneburg zu erwischen. Inzwischen habe ich mich fast an die Kälte im Abteil gewöhnt. Salzwedel rauscht vor den Fenstern vorbei, dann wieder das verschwimmende Grün der Felder. Hier und da nehmen mir wuschelig aussehende Büsche die Sicht darauf und ich falte den mittlerweile leeren Pappbecher gedankenverloren zu einem kleinen Paket.

Im Sommer fuhren Nina, Tati und ich jeden Tag mit unseren Rädern zur Kiesgrube. Oft kamen auch noch Truus und Chor hinzu, die den Sommer wieder bei Mieners verbrachten, oder die anderen Mädchen aus der Klasse. Ich erinnere mich an Pinar und Sarah, die im alten Dorf nah beieinander wohnten und beste Freundinnen waren. Dann gab es noch Tini, die ich mochte, aber die irgendwie eng mit Martina zusammenhing, und wir wollten auf keinen Fall Martina auch noch am Nachmittag dabeihaben.

Martina war eine aus unserer Klasse, die wir fürchteten und der wir nachmittags lieber aus dem Weg gingen, so gut es möglich war. Sie war nämlich unangefochtene Anführerin der Mädchen unserer Klasse und versuchte, alles und alle zu beherrschen. Sie gab den Ton an und wir gehorchten ihr, auch Tati, Nina und ich, egal wie groß unsere Klappen sonst waren. Denn wir hatten Angst. Angst davor, „sitzen gelassen“

zu werden, was reihum immer mal die Höchststrafe für jede von uns war. Dabei fiel man bodenlos in Martinas Gunst, was sehr plötzlich und willkürlich geschehen konnte. Aufgrund einer Lappalie, einer Laune, hetzte sie die ganze Mädchenhorde gegen eine Einzige auf und man wurde mehrere Tage lang geschnitten. Niemand durfte mit einem sprechen, einen ansehen oder auch sonst nur ein Zeichen geben, dass man existierte. Sie behandelten einen wie Luft, und das war so schrecklich, dass man alles versuchte, um es nicht geschehen zu lassen, weil man keine Chance hatte, sich dessen zu erwehren. Auf dem Nachhauseweg lauerten sie einem auf oder lockten einen in den Hinterhalt, um ganz im Gegensatz zu den Stunden davor gehänselt, bespuckt und geschubst zu werden. Am allerbesten war es also, man fiel nicht weiter auf, blieb still und stumm und lief in der Gruppe der Mädchen mit. Aber warum auch immer, es gelang mir offenbar nicht gut genug, denn Martina hatte es auf mich abgesehen. Es traf mich häufiger als die anderen und war mir jedes Mal eine Qual, über Jahre.

Am Ende meiner vierten Klasse, als klar war, dass die Eltern beschlossen hatten, dass wir nach Berlin ziehen würden, schwor ich mir, an Martina Rache zu üben. Nur um sie ein einziges Mal spüren zu lassen, wie es sich anfühlte, ohne Grund verhöhnt und ausgestoßen zu sein. Aber dann geschah der schreckliche Unfall und es kam nie zu meiner in der Fantasie in bunten Farben ausgemalten Umsetzung meines Plans.

Wir blieben also ganz gern zu dritt in der Kiesgrube, Nina, Tati und ich. Wir gingen schwimmen, versuchten, bis auf den Grund zu tauchen, was uns nicht gelang, da Kiesgruben es so an sich haben, sehr tief und weiter unten mit Schlamm gefüllt zu sein, und wir schauten nach den Jungs. Ich wartete heimlich auf Fabian, einen Jungen aus unserer Klasse, in den ich schon sehr lange verliebt war und den alle nur Fabi riefen. Fabi war blond, hatte lustige und immer glänzende blaue Augen und war großer HSV-Fan. Er spielte selbst viel Fußball oder kurvte mit seinem Fahrrad im Dorf herum und träumte davon, Kfz-Mechaniker zu werden und den Führerschein zu machen. Sein Vater hatte eine Autowerkstatt am Ortsausgang und Fabi verbrachte die Nachmittage bei ihm in der Werkstatt bei den Autos, wenn er nicht gerade Fußball spielte. Er sah seinem Vater zu, reichte ihm Werkzeuge und ging ihm zur Hand. Später auf dem Spielplatz roch er dann nach Öl und Benzin, wenn man ihn beim Fangen erwischte, ihn extra lang festhielt und mit sich in den Sand zog.

Fabi war neben Andy und meinen Brüdern, die ja immer irgendwie dabei waren, der einzige Junge an meinen Geburtstagen. Er durfte neben mir sitzen und ich sah ihn manchmal von der Seite an, roch das Waschmittel aus seiner Kleidung, das anders roch als unseres und das ich so mochte. Wenn er mich ansah und lächelte, seine Augen noch hellblauer wirkten als ohnehin schon, dachte ich jedes Mal, ich hätte nie schönere Augen gesehen. Ich mochte blaue Augen, und alle meine liebsten Freunde hatten blaue Augen. Alle bis auf Andy. Da Andy mir aber immer vorkam wie mein dritter Bruder, schien es nur logisch, dass er ebenso dunkelbraune Augen hatte wie wir Geschwister. Fabi aber war etwas Besonderes, und manchmal, wenn er mich ansah, kribbelte es in meinem Bauch, sodass ich andauernd lachen musste, wenn ich ihn sah. So erfuhr ich auch, was mit mir los war und dass das, was passierte, einen Namen hatte. Irgendwann, als ich mit Tati am Sportplatz vorbeikam und wir Fabi und andere Jungs durch das Gitter beim Fußballspielen beobachteten, sah er zu mir herüber, als er ein Tor gemacht hatte. Er sah ganz allein zu mir und lächelte, bevor er all die anderen aus seiner Mannschaft umarmte, und da lachte ich wieder, weil das Kribbeln im Bauch so stark war. Tati sah mich von der Seite an, zeigte mit dem Finger auf mich und lachte meckernd: Du bist ja total in ihn verschossen, guck dich mal an. Und dann stimmte sie einen kleinen Singsang an, den sie immer mal wieder zum Besten gab, obwohl es mir äußerst unpassend erschien: Linda und Fabi, Linda und Fabi, Linda und Fabi.

Ich rief: Du bist ja bescheuert, sprang auf mein Fahrrad und fuhr schnell los, um mein Gesicht abzukühlen, das noch im Fahrtwind brannte.

An den Geburtstagen rannten wir uns im Garten zu *Fischer, Fischer welche Fahne weht heute* entgegen und drinnen spielten wir das Spiel, das ich mir jedes Jahr wünschte. Dabei musste man sich bei einer gewürfelten Sechs schnell Handschuhe, Mütze und Schal anziehen, um dann mit Messer und Gabel eine in Zeitungspapier verpackte Tafel Schokolade aufzubekommen. Die Hoffnung, etwas Schokolade essen zu können, bevor die nächste Sechs gewürfelt wurde, war groß, und die Spannung entlud sich in großem Geschrei. Ebenso mochte ich das Spiel, bei dem wir mit verbundenen Händen Äpfel aus einer Mehlschüssel abbeißen mussten, weil es so lustig aussah, wenn schließlich alle weiße Mehlgesichter hatten. Und dann gab es noch *Mord im Dunkeln*. Dieses Spiel lernte ich auf einem von Fabis Geburtstagen kennen, und ich liebte es seitdem. Im Vorfeld zog man geheime Zettel, auf denen vermerkt war, was man darstellen sollte. M für Mörder, D für Detektiv, T für Tänzer. Daraufhin wurde im Dunkeln getanzt, der geheime Mörder brachte ein Opfer seiner Wahl zur Strecke und bei Licht ermittelte der Detektiv. An Fabis Geburtstag hielt mich nun jemand im Dunkeln fest und drückte mir seine Lippen auf den Mundwinkel. Auf den Mundwinkel, weil der Kuss ein bisschen daneben ging, schließlich war es ja dunkel. Aber es gab einen zweiten Kuss, der war weich, warm und feucht und schmeckte süß vom Puderzucker der Waffeln, die es vorher gegeben hatte. So schnell der Küsser gekommen war, so schnell tanzte er auch wieder davon, während ich noch immer verdattert herumstand und überlegte, ob ich eben ermordet worden war und es nicht gemerkt hatte. Sollte ich jetzt besser tot zu Boden gehen, überlegte ich und fragte mich, ob ich das Opfer war, das sich gar nicht danach fühlte. Ich stand also herum, kaute auf meiner süß schmeckenden

Lippe und wartete ab, bis wir einen Schrei hörten und tatsächlich jemand ermordet zu Boden ging. Das Licht ging an und ich starrte jedem im Raum ins Gesicht, um die verräterischen Puderzuckerspuren zu entdecken. Ich fand keine.

An meinen Geburtstagsfesten hielten Fabi und Andy immer zusammen, auch wenn sie sonst nicht viel miteinander zu schaffen hatten. Andy hielt sich immer ein wenig abseits der Jungengruppe der Klasse, schien mir. Er hatte kein Interesse an Fußball, und ich erinnere mich, dass er immer mit einem Jungen namens Thorsten auf dem Schulhof zusammenstand. Sie aßen ihr Brot und unterhielten sich wie Erwachsene, während wir anderen in einer langen Kette, die sich wie eine Riesenboa über den Schulhof zog, Fangen spielten und sie dabei in ihrem ernsten Gespräch störten.

Andy wohnte von uns aus genau drei Häuser weiter und holte mich jeden Morgen zu Fuß zur Schule ab. Anfangs liefen wir noch zu dritt mit Mick, der aber ab unserer zweiten Klasse schon auf das Gymnasium in die Stadt wechselte und der sich an der Bushaltestelle mit den anderen Kindern einreihte, die ebenfalls die Schulen in der Stadt besuchten und auf den Bus warteten. Am Mittag liefen Andy und ich gemeinsam nach Hause, und manchmal kam zur gleichen Zeit der Bus und Mick trabte mit uns nach Hause, als wäre er nie woanders gewesen. Es kam aber auch vor, dass Andy und ich ganz allein eher stumm den ganzen Weg nebeneinanderher trotteten. Als wir in die dritte Klasse kamen, war dann auch mein kleiner Bruder Joon dabei und sprach ebenfalls nicht. Er gab Ruhe und wir gaben auf ihn acht, damit er nicht von irgendwem verprügelt wurde, denn Joon war ja der Kleine.

Auch wenn Andy und ich nicht viel miteinander redeten, mochten wir uns. Er hatte sehr glatte braune Haare, viele braune Muttermale im Gesicht und eine tiefe Stimme, die brummig, aber irgendwie gutmütig klang. Seine Mutter war schnell und immer in Bewegung, sie sprach das R auf eine lustige Weise aus und hatte ein genaues Auge auf ihren Andreas, wie sie Andy nannte. Sie erzählte mir mal, dass sie meine Mutter kennengelernt hatte, als sie beide auf der Geburtsstation im Krankenhaus gelegen hatten, und so erklärte ich mir, warum ich immer fand, dass Andy mein dritter Bruder sei. Andy lief auch neben mir, als ich eines Morgens im Frühling zur Schule ging und einen mehrfach gefalteten Zettel in einer der Taschen meiner Strickjacke fand. Die Sonne kam gerade hinter den Bäumen hervor und tauchte uns auf der Straße in helles Licht. Ich faltete den Zettel erstaunt auseinander und las: *Willst du mit mir gehen? Kreuze an* stand da, mit Kugelschreiber geschrieben. Darunter waren drei Kästchen gemalt: *Ja, nein, vielleicht. Dein Fabi*

Offenbar musste er mir den Zettel am Vortag in der Schule heimlich zugesteckt haben. Andy zog die Nase hoch, weil ich so aufgeregt und glücklich war, geradezu selig. Zwar hatte ich schon ein bisschen gehofft, dass Fabi mich mochte, aber jetzt hatte ich es blau auf weiß. Andy schüttelte verständnislos den Kopf:

Aber was heißt das denn, wenn man zusammen geht?

Ich sah ihn an: Na ja, also man macht alles wie immer, aber man hält dabei Händchen.

Andy nickte und meinte: Dann ist das wohl nichts für mich.

In der Schule reichte ich Fabi seinen Brief zurück. Ich meinte, mein Kreuz unter dem Ja-Kästchen müsse durch das gefaltete Papier hindurch glühen, so stolz war ich, nun seine Freundin zu sein. Ab diesem Zeitpunkt trafen Fabi und ich uns häufig nach der Schule. Wir fuhren mit den Rädern durch das Dorf, besuchten seinen Vater in der Werkstatt, der uns vor einem Auto über die Schulter zunickte und uns manchmal ein Wassereis spendierte, bevor wir uns mit den anderen Jungs vor der alten Ziegelei trafen. Dort kletterten wir über den Zaun und erkundeten das Gebiet. Die alte Ziegelei war eine verfallene Fabrik, das Gelände lag brach, und wir Kinder kletterten in den Ruinen, erklommen halbe Treppen, warfen die letzten Fensterscheiben mit Steinen oder herumliegenden Gummistiefeln ein, malten die Wände mit Kreide an und lasen uns aus Akten vor, die von Wind und Wetter aufgequollen und verblichen waren.

Wenn zu Hause jemand fragte, wo ich mich herumgetrieben hätte, log ich. Ich log viel, und es fiel mir leicht, Erwachsenen Lügen zu erzählen, die sie glaubten. Es war einfach. Man musste nur die Mitte finden. Nicht zu viel und nicht zu wenig Details. Ein Unrechtsbewusstsein hatte ich dabei nie. Es kam mir logisch vor, dass ich mich, meine Freunde und ihre Geheimnisse verteidigen musste. Lügen erschienen mir daher eher wie Notwehr anstatt Sünde. Die Ziegeleibesuche blieben also ein Geheimnis wie so vieles, und bald war ich auch mit Tati dort. Wir fanden Besteck, Teller und Becher aus leichtem Metall, die wir in unsere Hütte im Wald brachten.

Man kann nie wissen, sagte Tati, und ich wusste, was sie meinte. Bei ihr daheim war es wieder schlimm in letzter Zeit. Ihre Mutter war noch weniger zu Hause als zuvor schon, und so tat Tati es ihr gleich, trieb sich bis zum Einbruch der Dunkelheit draußen herum und kam wieder, wenn ihre Eltern nebeneinander auf der Couch saßen und fernsahen.

Hast du gegessen?, rief die Mutter dann und Tati rief: Ja, im Meisenweg.

Dann schloss sie ihre Zimmertür, klappte ihr Bett aus der Wand und hoffte, dass die beiden sie in Ruhe lassen würden.

Manchmal durfte ich bei ihr übernachten, das fanden wir beide gut. Tati, weil sie dann nicht allein sein musste, und ich, weil ich mich manchmal sicherer fühlte, wenn noch jemand mit mir im Zimmer schlief. Dann erzählten wir uns gruselige Geschichten, bis wir nicht einschlafen konnten. Ab und zu stiegen wir aus ihrem Fenster und liefen durch das schwarze Dorf, in dem nur die Hunde anschlugen. Draußen erschreckten wir uns gegenseitig mit der Taschenlampe oder irgendeinem Geräusch. Dabei musste ich mal pupsen, und weil es still war, klang es so ulkig, dass wir in der Dunkelheit beide so laut darüber lachten, bis ein Licht in einem der Häuser anging und wir schnell wegrannten.

Bei mir zu Hause konnte ich nicht aussteigen, da lag ich in meinem Zimmer unter dem Dach, in dem die Trolle und Gnome an meinen Wänden im Holz wohnten. Und die sahen alles.

Vom Vergessen

In unserem Haus tickt die alte Pendeluhr an der Wand, und ich bin nicht sicher, ob ich sie jemals so laut gehört habe wie jetzt, wo es sehr still ist. Stiller denn je. Ich sitze wie früher als Kind am Kaffeetisch meiner Mutter und warte, dass sie wieder hereinkommt. Die Zeiger der Uhr stehen auf halb drei. Meine Augen fahren immer wieder das Muster der Häkeldecke ab. Es sind kleine, im Kreis angeordnete Löcher, die jeweils um ein etwas größeres liegen, an das sich wieder kleinere Löcher des nächsten Kreises anschließen. In den Lücken zwischen den Blumen verkettet sich das Muster in lockeren Dreiecken, und ich überlege, ob meine Großmutter diese Decke gehäkelt hat.

Was mache ich nur hier und wieso kam ich hierher, frage ich mich gerade, dabei weiß ich es genau. Mutter hatte mich zum Geburtstag angerufen. Das war der Abend vor zwei Wochen, als ich unsere Terrasse fast nicht wiedererkannte, so festlich sah sie aus. Karl hatte Lampions aufgehängt, die im Wind warme Lichtkegel über unseren alten Biertisch wischten. Er hatte die Weingläser poliert und die weiße Tischdecke meiner Großmutter aufgelegt. In einer Ecke der Decke erkannte ich ihre gestickten Initialen, C.L. Ich lag mit meinem Duschhandtuch auf unserem einzigen Liegestuhl und rauchte noch eine Zigarette. Der warme Wind riss kleine Aschefetzen von der Glut, nahm sie mit über die Dächer und föhnte mein nasses Haar.

Es ist noch immer zu heiß, um irgendetwas anzuziehen, sagte ich. Karl lächelte abwesend. Er trug vier Teller heraus und verteilte sie auf dem Tisch, Ina und Amir waren zum Essen eingeladen. Ich hatte mir gewünscht, meinen Geburtstag in diesem Jahr ganz klein zu halten. Ich brauche etwas Ruhe, hatte ich Karl erklärt, der mich daraufhin enttäuscht angesehen hatte.

Aber ein Essen müssen wir machen, Linda, es ist der Vierzigste. Da kann man sich nicht einfach so verkriechen, wie du es sonst an deinen Geburtstagen machst.

Ich hatte ihn angesehen und musste lächeln. Karl feierte gern. Und ich hatte Karl gern auf Feiern. Er war ein guter Gastgeber. Einer, der aufmerksam darauf achtete, dass sich jeder bei uns wohlfühlte.

An dem Geburtstagsabend kam er zu mir herüber, lehnte sich über den Liegestuhl und spritzte mit einer Bewegung seiner nassen Hand Wasser in meine Richtung.

Nicht, sagte ich und wehrte mit dem Zipfel meines Handtuchs ab.

Willst du deine Gäste so begrüßen? Er sah auf mein Duschtuch. Sie kommen in zwanzig Minuten, meinte er mit einem Blick auf die Uhr an seinem Handgelenk.

Ich bin so faul, seufzte ich.

Er beugte sich herunter, sein Kuss schmeckte nach Zwiebeln und Kokosmilch, seine Haare rochen nach Curry, und während er meine Hand ergriff und mich aus dem Liegestuhl zog, fragte er: Brauchst du einen Espresso?

Es wird schon, murmelte ich und ging ins Schlafzimmer.

Vor dem Schrank entschied ich mich für das leichteste Kleid, das ich besitze. Ich tuschte meine Wimpern und überlegte, zur Feier des Tages meinen Mund rot anzumalen. Ich ließ es sein. Es kam mir vor, als würde ich mit zunehmendem Alter meiner Mutter immer ähnlicher. Im Spiegel kniff ich meine Augen etwas zusammen und betrachtete meine Falten. Ich bin jetzt tatsächlich schon vierzig Jahre alt, dachte ich, als es an der Tür klingelte. Ina und Amir standen davor. Sie waren laut und fröhlich. Amir drückte mir Blumen in die Hand und lupfte den Hut in einer feierlichen Verbeugung, bevor er mich umarmte und dabei ein wenig hochhob. Ina drückte mich fest. Ihre langen Haare kitzelten mich.

Du riechst so gut, sagte ich und sie antwortete: Ich war zur Feier des Tages beim Friseur.

Später war alles genau richtig. In der Dämmerung färbte sich der Himmel blaulila und spiegelte sich in den gekippten Scheiben des Hinterhauses. Ein paar Schwalben segelten im Hof umher und mischten sich mit den ersten Fledermäusen. Manchmal hörte man ein helles Zirpen. Karl bewegte den Boden seines Glases zufrieden vor sich über die Decke. Alle hatten sein Curry gelobt und er musste versprechen, zu seinem Fünfzigsten ein großes Essen zu geben. Eins mit mehreren Gängen. Ich hatte ihm angesehen, wie er sich darauf freute.

Dass ihr zehn Jahre Altersunterschied habt, vergesse ich immer wieder, meinte Ina, und das gefiel Karl. Man konnte auch das sehen.

Amir schenkte mir nach und lächelte mich an. Ist alles okay?, fragte er mit den Augen und ich antwortete mit einem Lächeln: Aber ja, mir geht es gut.

Amir und Ina waren nach unserem Umzug nach Berlin schon früh meine besten Freunde geworden. Amir wohnte nebenan, und während ich mich allein in dem kleinen Gartenstück des Mehrfamilienhauses langweilte und in die Gegend starrte, weil ich es oben in der Wohnung nicht aushielt, kam ein Ball über den Zaun geflogen und traf mich am Kopf. Ein etwas älterer Junge mit schwarzen Haaren und dunklen Augenringen starrte mich wie eine Eule von jenseits des Zaunes an. Ich rieb mir die schmerzende Stelle am Kopf, rief erbost: Aua, nahm den Ball und feuerte ihn, so hart ich konnte, mit einem Schuss zu ihm zurück, während ich wütend rief: Blödes Sackgesicht.

Darüber war Amir so verblüfft, dass er schließlich lachen musste. Er stand da und lachte einfach, was mich noch wütender machte, weil ich mich wenig ernst genommen fühlte.

Was gibt es da zu lachen, du Blödmann?, rief ich und er lachte nur noch mehr. Irgendwann sagte er dann: Komm mal runter, du Kampfzwerg. Wie heißt'n überhaupt?

Geht dich gar nichts an, schrie ich, und an dem Tag wurden Amir und ich dicke Freunde.

Ina dagegen hatte in der neuen fünften Klasse gesessen und mich eingehend unfreundlich gemustert, als ich vorn neben der Lehrerin hatte stehen müssen, während diese mich vorstellte und fragte, ob jemand meine Patin sein wolle. Ina lächelte mich verkniffen an und meldete sich dann. Oh je, dachte ich. Als ich mich neben sie setzte, rutschte sie sofort von mir weg, zog mit einem glitzernden Bleistift eine Linie zwischen uns über den Tisch, schrieb einen Satz auf den Rand ihres Hefts, malte ein dickes Ausrufezeichen dazu und schob mir das Heft zu. Nerv mich ja nicht! stand da, und ich überlegte, warum ausgerechnet diese Kröte meine Patin hatte sein wollen. In den ersten Tagen sprach sie kein Wort mit mir, bis sie sich einen Radiergummi von mir ausleihen wollte. Da schrieb ich auf einen Zettel: Nerv mich nicht. Am Ende der Woche sagte sie kurz nach der Stunde etwas zu mir, das mich erschreckte. Sie sagte: Ich weiß das mit deinem Bruder. Und ich weiß, wie das ist. Dann griff sie nach meiner Hand, sie war warm und ein bisschen klebrig und sie quetschte meine Finger zusammen. Ich sah auf unsere Hände und musste plötzlich heulen, während ich überlegte, ob man mir ansehen konnte, was passiert war, oder woher sie sonst von der Sache wissen konnte. Ina und ich waren für die kommenden Jahre unzertrennlich, denn sie wusste, wie es war und wie es sich anfühlte, all das. Sie wusste es, aber sie musste nicht viele Worte darüber verlieren. Das vereinte uns.

An dem Abend auf der Terrasse an meinem Geburtstag hatte Ina von ihrer Wohnungssuche erzählt, aber ich war etwas abwesend, hatte mich gestreckt, den ziehenden Wolken nachgesehen und mich gefragt, was aus mir geworden wäre, wenn es Ina nicht gegeben hätte damals. Noch immer war ich so müde.

Möchte jemand einen Espresso?, fragte ich beim Aufstehen und alle nickten.

Die Küche war ein einziges Chaos. Als hätte jemand den Biomüll über den Tresen gekippt, dachte ich, während ich den Espresso aufsetzte und mein Telefon klingelte. Es war Mutter. Ich zögerte kurz. Das Zögern, das ich von früher kannte, wenn ich auf dem Drei-Meter-Brett stand. Ein kurzes Innehalten, wie eine Möglichkeit, es nicht zu wagen umzukehren, an den Wartenden vorbei die Treppe hinunterzuklettern und mit gesenktem Kopf in der Umkleidekabine zu verschwinden. Ich nahm trotzdem ab.

Hallo Mutter, sagte ich und sie rief: Herzlichen Glückwunsch zum Geburtstag, Linda.

Danke dir. Nett, dass du mich anrufst.

Na, hör mal, es ist doch dein Geburtstag, sagte sie laut, und ich antwortete nicht. Sie fragte gleich, ob ich Besuch habe und wie es Philipp ginge.

Ich stockte und flüsterte: Mama, Karl, nicht Philipp. Ich bin doch schon seit drei Jahren mit Karl zusammen. Philipp ist inzwischen verheiratet.

Ach ja, ach ja, sagte sie zerstreut.

Ich fragte, ob alles in Ordnung sei. Sie kam mir etwas verwirrt vor.

Es geht, es geht, sagte sie. Weißt du, es ist einfach nicht mehr das Gleiche hier.

Ja, erwiderte ich. Vielleicht solltest du doch darüber

nachdenken, das Haus zu verkaufen und dir eine kleine Wohnung zu nehmen.

Sie antwortete nicht. Kurz war es still zwischen uns, bis ich mich räusperte: Ja, also vielleicht sprechen wir ein anderes Mal, ein paar Freunde sind zum Essen hier.

Ach ja, sagte sie, und dann war es wieder still.

Vielleicht komme ich dich ja mal besuchen, schlug ich vor. Dabei war es mir gerade eben in den Sinn gekommen. Ein spontaner Einfall. Vielleicht nur, um das Gespräch beenden zu können, habe ich hinterher überlegt. Ich sah mich vor der angelehnten Tür des Hauses stehen und den dunklen Flur betreten.

Es ist schon vier Jahre her seit Papas Beerdigung, sagte Mutter da.

Ja, tatsächlich, dachte ich, während ich versprach, mir zu überlegen, wann ich es schaffen würde, sie zu besuchen. Dann legten wir auf.

Als ich draußen Espresso in kleine Tassen einschenkte, beobachtete Karl mich dabei und fragte schließlich: Wer war denn eben am Telefon?

Meine Mutter. Ich reichte ihm seine Tasse hinüber.

Ich werde sie wohl mal besuchen fahren müssen. Sie ist irgendwie durch den Wind, erklärte ich fast entschuldigend und fügte noch hinzu: Vielleicht ist es wirklich mal wieder an der Zeit. Es ist bereits vier Jahre her, dass ich zuletzt im Dorf war. Nicht im Haus, aber im Dorf.

Karl hatte mich angesehen. Ich spürte es, aber ich hatte mich Amir zugewandt und ein Gespräch über seine bevorstehende Ausstellung in ein paar Wochen begonnen. Dabei hatte ich Karls Blick ignoriert. Seinen Blick, der den ganzen Abend weiterhin auf mir ruhte.

Und nun sitze ich hier in diesem Haus meiner Kindheit. Ich bin durch die Haustür gegangen und durch den dunklen Flur. Ich habe mir im kleinen Bad die Hände gewaschen und dabei wieder die Gewürzseife meiner Kindheit gerochen. Ich habe mich an den Tisch mit der Häkeldecke gesetzt, während Mutter geschäftig Milch in einem kleinen Kännchen, dazu den Kaffee in der silberfarbenen Thermoskanne aus der Küche geholt hat. Sie hat meinen mitgebrachten Kuchen vom Bäcker auf eine Platte gelegt und wir haben Kaffee getrunken und Kuchen gegessen, als würde ich öfter zu Besuch kommen. Jetzt sind da zwei Kuchenteller, zwei Kuchengabeln, zwei Kaffeetassen, zwei Löffel, ein halbes Kännchen Milch und ein Teller mit Keksen, die wir nicht angerührt haben.

Wir konnten uns das damals nicht erklären, wie er auf diese Idee kam, über die Gleise zu fahren, sagt Mutter nun noch einmal, nachdem sie wieder hereingekommen ist. Sie wiederholt es erneut und sieht mich fragend und dabei fast ein bisschen vorwurfsvoll an. Fragend, als müsse ich es wissen, als könne ich es nun endlich zugeben, davon erzählen, damit herausrücken, es beichten. Vorwurfsvoll, weil ich es offenbar verheimlicht habe, all die Jahre. Mein Wissen darum, was an dem Abend geschah. Ich sehe sie verständnislos an, und da, so plötzlich wie ein jäh einsetzender Wind über einem stillen See, fällt mir etwas ein. Ich habe es ihr damals erzählt, das war eine Woche nach dem Unfall. Ich bin mir jetzt sicher. Ich habe vergessen, was ich ihr erzählt hatte, aber mir fällt jetzt wieder ein, dass ich mit ihr sprach. Ich habe es vergessen, aber jetzt kann ich es genau vor mir sehen.

Ich sehe mich in der Küche an der Tür stehen. Ich weinte und sagte es ihr, das, was ich vergessen habe. Ich weinte und erzählte ihr, dass es meine Schuld gewesen sei, das mit Mick. Ich erzählte ihr von meiner Schuld, die tonnenschwer auf meinem Herzen lag, und sie sah mich an, als wäre sie aus einem tiefen Traum erwacht. Dann wischte sie sich die Hände ab, zog die Schürze aus, verließ wortlos die Küche, ging in den Garten und begann, Unkraut zu jäten. Einfach so. Es fällt mir jetzt wieder ein. Ich bin ihr nachgegangen und habe sie angestarrt und nicht kapiert, was das sollte. Hatte sie nicht gehört, was ich ihr erzählt hatte? Dass es meine Schuld war? Wieso sagte sie nichts? Wieso schimpfte sie nicht, gab mir Hausarrest oder eine schlimmere Strafe? Es dauerte einen Moment, aber dann wurde mir damals etwas Schreckliches bewusst. Mir wurde klar, dass ich damit allein auf mich gestellt war. Dass ich keine Hilfe von den Erwachsenen erwarten konnte, im Gegenteil. Ich musste da allein durch.

Mutter tat an dem Abend, als habe sie nichts gehört von dem, was ich ihr gesagt hatte. Sie machte weiter, ohne jemals ein weiteres Wort darüber zu verlieren. Bis jetzt eben. Diese Frage an mich, die sie wiederholt.

Ich stelle mir vor, wie Mick damals auf seinem Fahrrad das Haus verließ. Ich erinnere mich daran, wie er aussah an dem Tag, wie sein Blick war, aber ich hatte ja keine Ahnung, was es bedeuten würde. Und ich hatte all die Jahre ein so schrecklich schlechtes Gewissen, weil ich ihm an dem Abend noch die Salami und das Gürkchen vom Teller geklaut hatte. Ich muss fast lachen, so lächerlich ist es.

Die Polizei ließ deinen Vater und mich kommen und wollte wissen, ob es Tagebücher gab oder einen Abschiedsbrief, irgendetwas, das erklärte, was er da zu suchen hatte um diese Uhrzeit, aber es gab nichts und wir konnten uns das nicht erklären, sagt sie jetzt wieder und sieht mich an mit diesem Blick, der vielleicht ein bisschen verwirrt ist und hilflos. Ein Blick, der mir sagen soll: Ich verstehe nicht, was da passiert ist, aber du kannst es mir doch jetzt erzählen. Das, was da war. Das, was da geschehen ist. Das mit Mick.

Ich habe gerade eben etwas Neues über Mutter und mich erfahren, denke ich. Ich weiß all dies nach über dreißig Jahren zum ersten Mal wieder und Mutter weiß gar nichts mehr, wie es aussieht. Allein das scheint absurd.

Ich sage nichts. Innen tobt es, aber äußerlich bin ich wie immer stumm und wie gelähmt. Mir wird heiß und kalt, und da wiederholt Mutter noch einmal: Wir konnten uns das nicht erklären.

Ich denke nur: Sei einfach ruhig, sei einfach nur ruhig, denn du hast es gewusst. Du wusstest, warum. Aber ich sage nichts, weil ich nicht kann, und sie bemerkt nichts. Sie bemerkt nicht, wie übel mir wird. So übel, dass ich kurz sicher bin, ich müsse mich jetzt sofort übergeben, aufspringen und zur Toilette laufen. Speichel läuft mir im Mund zusammen. Jetzt, dort auf dem Sofa, ist mir zum Kotzen schlecht. Zwischen uns der runde Tisch mit der Decke, zwei Kuchentellern, zwei Kuchengabeln, zwei Kaffeetassen, zwei Löffeln, dem halben Kännchen Milch, dem Teller mit Keksen, die wir nicht angerührt haben. Vielleicht läuft der Fernseher, ich weiß es nicht genau, denn ich starre nur sie an. Ich sehe die Augen meiner Mutter, fragend und ein bisschen vorwurfsvoll unter langen Wimpern, den Mund rot angemalt. Darauf achtet sie noch jeden Tag. Mutter ist eine gepflegte Frau. Eine Frau mit rotem Mund, gerader Haltung und ernstem Blick statt vieler Worte. Nein, der Fernseher läuft nicht, denn ich höre sie schlucken. Und da ist ja auch die Uhr, die so laut tickt. Mutters Hand zittert.

Wir konnten uns das damals nicht erklären, wiederholt sie wieder diesen Satz des Anstoßes, als würde sie meinen, ich hätte ihn nicht gehört, als wäre ich nicht anwesend oder hätte nicht zugehört. Vielleicht ist sie verwirrt, überlege ich. Mutter sieht aus, als warte sie auf eine Antwort, eine Antwort auf die Frage, die sie sich selbst offenbar nie gestellt hat. Vielleicht will sie die Frage also gar nicht wirklich beantwortet haben. Ich starre sie an und frage mich, was es ist, was mich am meisten entsetzt. Dass ich mich kaum kennen kann, weil ich alles verdrängt habe, nur noch ein dunkles Gefühl übrig geblieben ist, aber keine konkreten Bilder, keine Informationen, das Warum, das ich über dreißig Jahre ausgewischt habe aus meinem Gehirn? Oder ist, was mich entsetzt, dass ich sie eigentlich kaum kenne, meine eigene Mutter, dass ich nicht weiß, was sie jetzt hier von mir wissen will und was nicht und dass ich es noch nicht mal einschätzen kann? Oder dass sie die Antwort auf all das eigentlich kennt, weil ich es ihr damals gesagt habe?

Ich frage mich, warum meine eigene Mutter und ich uns eigentlich nicht kennen. Ich erinnere mich, dass mir als Kind plötzlich bewusst wurde, dass meine Mutter anders war als alle anderen Mütter. Andere Mütter waren laut. Sie fragten, ermahnten, warnten, erzählten, riefen, schimpften, meckerten, beschwerten sich oder sie lachten. Meine Mutter schimpfte selten. Mutter war leise. Sie war still, schön und fern. Ich erinnere mich, dass ich manchmal nicht wusste, ob sie zu Hause war oder ob ich allein im Haus war, weil ich sie kaum hörte. Wenn die Jungs draußen waren, war es immer ruhig bei uns. Türen wurden lautlos geschlossen, Teller klapperten milde und selbst das Radio in der Küche schien leiser zu sein als normalerweise, sobald meine Mutter es anschaltete. Wenn sie nieste, klang es vornehm, wie ein kleines Hicksen, als würde sie unter einer unsichtbaren Glocke seufzen. Eine Glocke, die sie mitten unter uns Lärmenden umgab. Eine Glocke, die ihre wenigen Worte schluckte und jedes Geräusch dämpfte.

Ich sehe Mutter an und finde sie etwas verändert. Vielleicht ist es die Hilflosigkeit in ihrem Blick, eine leichte Verwirrung, als wisse sie nicht, wo sie ist oder was passiert ist, gerade eben und damals. Was war überhaupt passiert? Da ist aber auch etwas Drängendes in dem sich wiederholenden Satz. Eine Vehemenz, die mich stutzig macht. Vielleicht will sie etwas loswerden.

Mich befallen Erinnerungen an diese Zeit, die wahrscheinlich immer da waren, wie ich nun ahne. Wenn ich mich konzentriere, sehe ich vor mir, wie ich Tati davon erzählte. Wir waren auf dem Spielplatz nicht weit von unseren Häusern, weil ich mich eine Weile nicht weiter entfernen durfte nach dem Unfall. Wir schwangen lustlos nebeneinander auf den beiden einzigen Schaukeln. Es war heiß, ich schaukelte und der Wind hob meinen Rock, wenn ich nach vorne schwang.

Tati, sagte ich irgendwann. Es ist meine Schuld, und Tati sah neben der Metallkette zu mir herüber.

Was?, fragte sie.

Micks Unfall, schluchzte ich da schon, und dass ich Schuld daran sei, was da passiert war und dass ich jetzt lieber an Micks Stelle wäre als am Leben.

All das brach aus mir heraus wie ein mächtiger Schwall. Ich heulte, meine Nase tropfte und Tati kam zu mir herüber, hielt meine Schaukel fest, dann hielt sie mich und sagte: Das war ein beschissener Unfall. Du hast damit gar nichts zu tun.

Doch, das habe ich, stammelte ich. Aber mehr konnte ich ihr nicht erzählen. Mehr ging nicht.

Willst du in die Hütte?, fragte Tati.

Wohin?, ich sah sie ängstlich an.

Na, ins Geheimversteck, sagte sie. Wir nehmen einen anderen Weg, nicht diese Stelle über die Gleise. Du kannst das Rad meiner Mutter borgen.

Ich guckte sie an und dann sagte ich: Warum?

Vielleicht finden wir da was, sagte Tati.

Ich biss mir auf die Lippen und sagte irgendwann: Okay.

Jetzt kommen sie also, die Erinnerungen zwischen den Bildern des Daumenkinos, zwischen den Seiten, klopfen an, ziemlich energisch, und tun gar nicht mehr so nett und behaglich wie vorher. Ich will die Tür schließen, mir kurz eine Atempause gönnen, aber sie schieben einen Fuß zwischen Tür und Rahmen. Ich habe nun noch mehr Fragen. Sie stürzen alle auf mich ein. Es ist eine Fragenwucht, die mich überfällt, dort auf dem Sofa, zwischen uns zwei Kuchenteller, zwei Kuchengabeln, zwei Kaffeetassen, zwei Löffel, das halbe Kännchen Milch und der Teller mit den Keksen auf der gehäkelten Decke. Aber ich schaffe es nicht, sie zu stellen nach diesem Satz meiner Mutter. Ich bin wieder gelähmt, ich kenne das schon. Um Himmels willen nicht fragen! Es gehörte immer zu mir, das Stillsein, das Nicht-Aufmucken zu Hause, das Nicht-sprechen-Können, das Dinge-geschehen-Lassen, das Nicht-Aufbegehren und Nicht-Fragen. Es gehörte zu mir, zu meiner Persönlichkeit. Es war normal. Oder war es das nicht? Was wäre gewesen, wenn ich es nie hätte verdrängen können? Wäre ich eine andere geworden?

Es war ja nicht so, als wären da nie Fragen aufgekommen, sage ich mir, wie um mich zu beruhigen. Sie konnten nur nie heraus, waren mir im Hals stecken geblieben, weshalb ich jetzt huste und mich kaum mehr beruhigen kann. Ich entschuldige mich und gehe ins Bad. Dort verschwindet der Husten einfach so. Im Spiegel sehe ich die Person, die ich zu sein meinte. Eine vierzigjährige Frau mit langem, braunem, etwas unordentlichem Haar. Sie sieht genau aus wie vorher, es ist nur etwas im Ausdruck ihrer Augen, das sich verändert hat. Nur ein wenig. Wüsste ich es nicht, würde ich es nicht sehen.

Ich habe mich oft gefragt, wie Mick jetzt aussehen würde, mit dreiundvierzig Jahren. Hätte er Falten um die Augen, an den gleichen Stellen wie ich? Wären seine Haare immer noch so widerborstig, wie sie es damals waren? Würde er Vater ähneln oder eher Joon? Wenn ich an Mick dachte, dann tauchte der Mick von damals auf. Der starke Mick, der grinsende Mick. Der Mick, der aufpasste. In meiner Erinnerung an ihn gibt es kein Zeichen von Alterung oder Müdigkeit. Aber vielleicht war er schon damals müde von all dem Aufpassen und Beschützen, denke ich jetzt und schiebe den Gedanken wieder weg. Ich ertrage ihn nicht.

Plötzlich verstehe ich, weshalb ich nirgendwo Fragen stellen konnte. Weder in der Schule noch in der Uni oder später. Ich habe es nie gelernt. Ich beantwortete mir die Fragen selbst, indem ich alle Wege dahin ausprobierte, bis ich es konnte, bis es sich mir erklärte oder bis ich auf einen Fehler hingewiesen wurde, der sich mir als hilfreich und aufschlussreich erwies. Ich beantwortete mir meine Fragen selbst, um nicht dumm, impertinent oder aggressiv zu wirken. Ich frage mich jetzt, welche wohl meine allererste Frage war, mit der ich aneckte, an der ich spürte, dass es nicht gut gewesen war, sie zu stellen. Vielleicht hätte es darauf eine ganz harmlose Antwort gegeben. Fragen waren den Erwachsenen mindestens lästig, meist aber mehr als das. Das Stellen einer Frage glich einem Affront, einer Kritik oder einer Beleidigung, wahlweise auch einer unerhörten Neugier. Bis heute.

Es gab sie immer, die offenen Fragen, und ich habe mich häufig gefragt, ob nur ich sie mir stelle oder ob es den anderen ebenso geht. Oder ob nur ich etwas nicht verstehe in unserer Familie. Ob ich die Einzige bin, bei der die Fragen sich aufwerfen wie ein Gebirge, an dessen Ausläufern ich mich immer wieder stoße. An den Brocken im Weg, den scharfen Kanten, den Steinlawinen vor den Abgründen. Ich stand über all die Jahre vor den zerrissenen Sicherungsnetzen der Abhänge meiner Familie und dachte: Wie sollten diese Netze irgendetwas abhalten, etwas aufhalten, das ins Rollen gerät durch einen Stein des Anstoßes? Und warum hängen diese Netze überhaupt hier?

Im Nachhinein mehrten sich die Zeichen wahrscheinlich. Oder sie wurden eindringlicher, drängender, größer, und es wurde unmöglicher, sie wegzuschieben. Vielleicht.

Ich komme aus dem Bad zurück und Mutter will wissen, ob alles in Ordnung sei, und anstatt, dass ich sage, nein, was soll denn jetzt noch in Ordnung sein, nach dem, was du gesagt hast?, sage ich bloß: Ja. Mehr nicht. Nur das. Ich sage Ja. Mehr habe ich nicht zu sagen, ich habe keine Kraft übrig. Ich ziehe meine Jacke an. Alles geschieht wie in Zeitlupe, und sie sieht auf meine Hände, die die Knöpfe an der Jacke schließen, aber sie sieht mir nicht mehr ins Gesicht. Ich möchte sie umarmen, aber sie steht so steif da und ich nicke nur und denke, dass es unsere letzte Umarmung sein könnte. Wer weiß. Ich sage: Ich gehe ein bisschen raus, im Dorf spazieren.

An der Tür sage ich noch: Dann bis später. Vielleicht. Oder morgen. Ich gucke mal.

Am Gartentor schaue ich zur Tür zurück, da steht sie noch. Klein und schlank mit breiten Schultern, den dunklen Haaren und dem Käsegesicht wie von Mick und mir, aber sie sieht verändert aus, wie sie da steht. Viel älter als früher.

Ich gehe durchs Dorf, nehme nicht das Fahrrad. Ich hole es später, denke ich. Ich laufe wie mechanisch durch die kleinen Straßen. Alles ist so viel kleiner, geschrumpft, die Zäune, die Häuser, die Vorgärten. Vielleicht nennt man es deshalb kleinbürgerlich, weil alles so klein und eng ist, überlege ich, und mir fällt die Sauberkeit auf. Die Straßen sind wie geleckt, keine Kippe, keine Hundetüte oder gar ein Haufen, kein festgetretenes Kaugummi. Die Autos vor der Tür oder in den Einfahrten glänzen sauber. Die Menschen hier haben Zeit, ihre Autos zu pflegen. Sie selbst sieht man allerdings kaum. Manchmal fährt ein Mensch auf dem Fahrrad vorbei oder zwei in einem Auto, dann sehen sie neugierig zu mir herüber. Ich falle wohl auf. Etwas an mir sieht anders aus als das hier Gewohnte. Vielleicht ist es meine Kleidung oder die Art, mich zu bewegen. Wie eine Riesin zwischen den kleinen Straßen. Etwas an mir ist anders. Ich kann es spüren. Die auf dem Fahrrad grüßen. Ich nicke automatisch.

Während ich laufe, fallen mir all meine alten offenen Fragen ein. Ich ahne, dass sich jetzt viele von ihnen beantworten. Wir konnten uns das nicht erklären, höre ich und denke an Mick und seine Augen. Ich verscheuche das Bild, weil ich wieder merke, wie mir schlecht wird. Ich krame in meiner Tasche nach einem Bonbon und denke an die Panikattacken, die ich als Studentin hatte. Ich erinnere mich, dass ich sie bekam, nachdem meine Eltern aus Berlin wieder in das Dorf zurückgezogen waren. Sie hatten ja das Haus hier immer behalten. Nur aus dem unteren Stockwerk hatten sie ein paar Möbel nach Berlin mitgenommen. Alles andere wurde neu gekauft. Es sollte wohl ein neuer Anfang werden, dort, in der großen Stadt. Aber wir hatten alles mitgenommen, die Erinnerungsfetzen und die Schuld, und sie in unsere modrigen inneren Keller gesteckt.

Micks Zimmer blieb unangetastet, und bis zum Umzug ging Mutter jede Woche hinein, wischte Staub, putzte das Fenster und den Spiegel und bezog sein Bett neu. Das Haus, das wir zurückließen, wurde später zum Ort der Erinnerung, um am Wochenende mal herauszukommen, wie die Eltern sagten. Joon fuhr noch ein paar Mal mit, während ich nur noch ein einziges Mal meinen Fuß in das Haus setzte. Ich blieb an den Wochenenden, die sie im Dorf verbrachten, fortan in Berlin unter den Augen einer sorgsamen Nachbarin, die darauf achtete, dass ich keinen Quatsch machte. Joon erzählte nie von diesen Wochenenden und ich fragte nicht, weil ich ihre Gesichter kaum ertrug. Gesichter wie kleine Arschlöcher, hätte Tati gesagt. So zusammengekniffene, kleine Arschlöcher. Joon sprach wenig und zunehmend weniger. Er wurde ein schweigsames Kind, und in der neuen Schule machten sie sich Sorgen um ihn. Er wurde zur schulpsychologischen Beratung geschickt, und verschiedene Therapeuten versuchten, etwas aus ihm herauszubekommen. Ohne Erfolg. Joon sprach nur das Nötigste. Aber er zeichnete. Er zeichnete große Bilder. Erst mit Bleistift, dann mit Kohle. Bewegte Bilder in Grau, Schwarz und Weiß, die einen anfassten, wenn man vor ihnen stand. Joon war ein Künstler.

Später blieb auch Joon bei mir in Berlin, und die Eltern fuhren allein ins Haus zurück. Als Joon in die große Welt hinausging, so weit weg wie möglich, und ich sowieso schon lange ausgezogen war, beschlossen sie, wieder in das Haus zurückzuziehen. Sie fühlten sich freier auf dem Land mit dem Garten, jetzt wo Vater an Krebs erkrankt war. Und dann war da ja noch Mick, der auf sie wartete.

Meine Panikattacken begannen mit etwa neunzehn Jahren. Meine erste Angstwelle erfasste mich, als ich in der S-Bahn saß und Milan Kunderas *Buch vom Lachen und Vergessen* las. Plötzlich meinte ich, nicht mehr atmen zu können. Ich konnte nicht mehr einatmen, als fehlte der Befehl in meinem Kopf, Luft in meine Lunge strömen zu lassen. Es dauerte vielleicht ein paar Sekunden, aber sie kamen mir vor wie Minuten. Ich spürte Druck auf der Brust und glaubte plötzlich, es könnte ein Herzinfarkt sein. Mit Mühe stieg ich an der nächsten Station aus, setzte mich auf eine Bank auf dem Bahnsteig und atmete so lange frische Luft ein und aus, bis es mir besser ging. Das letzte Stückchen zur Uni lief ich zu Fuß. Dieses Phänomen wiederholte sich und es übertrug sich auf jede Art Zug. Es war mir unmöglich, Bahn zu fahren, und sobald sich in S- oder U-Bahnen die Türen schlossen, meinte ich sofort, keine Luft mehr zu bekommen, musste aussteigen und den Rest des Weges zu Fuß gehen. Fortan lief ich die vier Stationen zur Uni gleich von Anfang an.

Die Panik überkam mich aber auch, wenn mich meine Eltern in Berlin besuchten und wir uns selten genug mit Joon und meinem Freund Philipp in einem Restaurant trafen. Es begann meist damit, dass der Tisch zwischen uns immer breiter wurde, so, als würde ich auf einem Förderband sitzen, das mich immer weiter von ihnen wegtrieb. Oder war es ein Zug? Bald konnte ich sie nur noch wie durch einen Tunnel aus weiter Entfernung sehen, während sie nichts zu bemerken schienen und weiteraßen. Manchmal half es, wenn ich aufs Klo ging und mir sagte, dass nichts davon real sei, dass es nicht wirklich passierte und ich nur ruhig werden müsse, damit es verschwindet. Manchmal half auch Wasser über den Handgelenken oder im Gesicht, eine bestimmte Atemtechnik, die ich mir in der Zwischenzeit angelesen hatte und die den Fokus auf das Ausatmen legte, um dann wenige Sekunden die Luft anzuhalten. Ansonsten bestellte ich noch ein Glas Wein und atmete den Tisch zwischen uns und auch meine Eltern wieder auf normale Größe. Meist bemerkten die anderen nichts von meinen Angstattacken und ich wurde zunehmend geschickt darin, sie zu vertuschen und für mich zu behalten. Ich schämte mich ihrer. Es handelte sich um eine tief sitzende Scham, die so tat, als würde ich nicht in der Lage sein, es zu kontrollieren. Als könne ich etwas nicht schaffen, das anderen mühelos gelang. Was konnte das sein, fragte ich mich und dachte an meine wiederkehrenden Träume zu der Zeit, den Absprung von einer unendlichen, in die Höhe fließenden Rolltreppe nicht zu schaffen. Bevor ich oben den einen Schritt tun konnte, der mir, wie auch allen anderen um mich herum, wieder festen Boden unter den Füßen verschaffte, wurde ich wieder an den Anfang der Treppe zurückgeworfen und musste den Weg nach oben erneut zurücklegen. Immer und immer wieder.

Ich fragte mich damals durchaus, warum die Angstattacken in diesen Situationen auftraten, etwa ausgerechnet am Tisch mit meinen Eltern. Normalerweise passierte es eben in öffentlichen Verkehrsmitteln, in der Uni oder auch mal, sobald es dunkel wurde im Theater oder im Kino. Dunkelheit war ein Problem. Bis heute mag ich es nicht, wenn Karl bei uns zu Hause die Schlafzimmervorhänge zuzieht, sodass kein Spalt Licht hindurchdringen kann. Ich ertrage es nicht. Erklären konnte ich es mir nicht, aber, dachte ich, man kann sich nicht immer alles erklären. Wie viele Fragen gab es, die ich mir in den ganzen Jahren immer wieder gestellt habe, auf die ich keine Antworten fand und es dabei beließ? Vielleicht genau wie Mutter sich die Frage gestellt haben mag, wieso ein Zwölfjähriger sich abends zu den Gleisen aufmacht.

Ich überlege, Karl anzurufen, aber er hat keine Ahnung von alldem. Karl weiß von gar nichts und ich frage mich, wo ich jetzt anfangen soll mit dem Erzählen. Bei Mick? Bei dem Unfall damals? Bei dem Satz meiner Mutter? Ich kann das alles nicht am Telefon berichten. Es ist zu viel. Ich brauche Zeit. Mir fällt Philipp ein. Er kennt die Geschichte, er weiß um all das, also nehme ich das Handy aus der Tasche und wähle seine Nummer. Nach dreimaligem Klingeln geht die Mailbox ran und ich lege wieder auf. Für eine Mailboxnachricht ist es einfach zu viel. Ich sehe nun schon das Ende der Straße, dort, wo auch das Dorf zu Ende ist und der Wald beginnt. Meine Schritte gehen den Weg ganz von selbst, stelle ich fest. Es ist unheimlich, weil ich mir so fremdgesteuert vorkomme. Ich gehe die Straße entlang und immer weiter, bis ich am Rand des Waldes stehe, wo ich den breiten Weg einschlage.

Es ist anders im Wald als irgendwo sonst, denke ich. Als würde man in ein anderes Land reisen, um sich zu vergessen. Die Luft ist besser und es riecht gut. Gleich wird es kühler, in einer schützenden Dichte, einer Glocke von Waldgeruch aus Moos und Flechten, Nadeln und Blättern, aus Rinde und Erde, aus Trockenheit und Feuchte, wie ein großes Lebewesen, das still atmet und die Arme nach einem ausstreckt. Der Weg ist weich, der Sand graubraun unter meinen Sandalen. Meine Zehen leuchten weiß. Nie wieder war ich hier, denke ich und stoße an einen Kienapfel. Ich konnte nie mehr herkommen in den Wald, an diese Stelle, auch nicht an Vaters Beerdigung. Ich konnte nicht. Ich schob den Gedanken einfach davon.

Wir zogen nach dem Unfall also trotzdem weg, trotz allem, etwas später als geplant, aber Vater hatte den Vertrag in Berlin unterzeichnet, und die Eltern hielten es kaum aus in dem Haus vor lauter Erinnerungen an Mick. Wir zogen nach Berlin und ließen Mick und seine Überreste allein zurück in dem Dorf und in dem Haus. In meinen Träumen sagte er, das sei okay, es sei nicht schlimm: Guck, ich bin ja hier im Wald. Weißt du noch, so wie wir beide früher. Große Gangster lassen's krachen, sagte er und dann wachte ich auf und weinte, bis der Klumpen unter meinem Hals weniger brannte. Der Schmerz war groß.

Nach der Lichtung kommt nun die kleine Anhöhe, es ist nur ein kleiner Wall, einer, den wir damals im Winter zum Rodeln benutzten, als wir krachend an die Bäume fuhren. Von oben hat man inzwischen eine freie Sicht auf die Bahnstrecke. Früher war die Sicht hier versperrt, das Unterholz war dicht, die Birkenkronen von unten auf Sichthöhe. Wir liefen den Wall hinunter wie ich jetzt. Dabei wurden wir immer schneller, bis wir uns abfangen mussten, an den Bäumen kurz vor den Schienen. Jetzt gibt es hier eine Schranke, vielleicht genau seitdem, überlege ich. Die Schranke steht nach oben offen. Ich gehe in die Mitte auf das Gleis und schaue rechts und links. In der Ferne schimmert die Luft über den Gleisen. Ich erkenne Signale und einen weiten Weg. Es ist sehr friedlich hier. Ich bleibe stehen und sehe nach links. Von dort kam damals der Zug. Es war der Intercity nach Hamburg. Und jetzt erinnere ich mich.

Es war an einem Abend Anfang Juli. Das Sirenengeheul schwoll nicht ab und ich bettelte Mutter an, nachsehen zu dürfen, was da los sei. Es mussten mindestens drei Löschzüge, Polizei und Krankenwagen sein, die über den Zaunkönigweg rasten. Es war richtig was los.

Mick war noch nicht wieder da, obwohl die Dämmerung schon langsam einsetzte, und weil unsere Abendbrotteller schon bereitstanden und Joon vor dem Fernseher saß, klaute ich das Gürkchen und die Salami von Micks Brot. Mutter bemerkte es nicht. Sie stand am Gartentor und sah beunruhigt in die Richtung, aus der das Sirenengeheul kam. Als ich zu ihr trat, sagte sie wie zu sich selbst: Da ist was an der Trasse passiert.

Die ganze Straße hinunter standen die Leute vor den Türen. Ich bot erneut an, kurz mit dem Fahrrad nachsehen zu fahren, was geschehen war und ihr zu berichten, aber da herrschte sie mich an: Wo wart ihr heute den ganzen Nachmittag? Ich sagte: Mick war nicht bei mir, er war mit den Jungs unterwegs. Sie stand neben mir und sah wieder ans Ende der Straße. Ihre Arme waren verschränkt und unter dem Ellenbogen sah ich ihren Zeigefinger und ihren Daumen, die unaufhörlich aneinander rieben.

Ich erinnere mich, dass mehr Sirenen folgten. Am Ende der Straße sahen wir, dass noch weitere Krankenwagen kamen. Plötzlich bekam ich Angst, große Angst.

Du bleibst hier, sagte sie und sah mich drohend an. Du bleibst im Haus und isst dein Brot.

Im Haus zog sie ihre Schürze aus, legte sich ein Tuch um die Schultern und zog die Haustür hinter sich zu. Ich öffnete sie wieder und sah ihr nach, wie sie zum Tor ging, es hinter sich schloss und mit kleinen schnellen Schritten loslief. Dann schlich ich zum Tor, bis ich sie am Ende der Straße aus den Augen verlor. Ich weiß noch, dass ich kurz überlegte. Es war nur deshalb, weil sie mich so drohend angesehen hatte. Aber dann beschloss ich, mein Fahrrad zu holen und einen anderen Weg zur Bahntrasse zu nehmen.

Ich erinnere mich, dass der Fahrtwind ganz weich und warm war. Als würde einem jemand, den man mag, in den Nacken pusten. Es kitzelte angenehm am Hals und auf meinen nackten Armen. Ich erinnere mich, dass ich ein Micky-Maus-T-Shirt trug, es war eins, auf dem Micky Maus die Arme nach außen hielt und die Finger in den weißen Handschuhen abspreizte. Dabei lächelte sie, als würde sie sagen: Hier bin ich. Ich erinnere mich, dass ich barfuß war und es wehtat, wenn ich den Fuß zu fest auf die Pedale drückte. Ich biss die Zähne aufeinander und fuhr trotzdem weiter, nahm den Weg über die hintere Reihe. Am Ende des Zaunkönigwegs sah ich die Blaulichter im Grau des dämmernden Lichts kreisen. Jetzt konnte man einzelne Rufe hören.

Als ich den Wald betrat, ließ ich das Fahrrad liegen und lief zu Fuß weiter. Ich überlegte, wie es wäre, wenn mir ein Fuchs begegnete. Ein tollwütiger Fuchs, vor dem mich mein Großvater, der Förster, immer warnte. Er musste es wissen. Ab und an kam auch ein Förster in die Schule und erklärte, was es mit der Tollwut auf sich hatte und wie es wäre, wenn man die Spritze bekäme, sobald ein tollwütiger Fuchs uns gebissen hätte. Die Spritze täte sehr weh, sagte er und sah sich in der Klasse bedeutungsvoll um. Mich schauderte.

Als ich unten vor dem Wall stand, überkam mich ein noch mulmigeres Gefühl. Der Wald leuchtete blau und rot in einem gleichmäßigen Rhythmus. Ich hörte die Rufe und plötzliches Geschrei. War das meine Mutter? Ich lauschte und bekam Gänsehaut. Es fühlte sich genau an wie die Angst-Ameisen, die Daniel an die Tafel gemalt hatte. Oben auf dem Wall befand ich mich auf Höhe der Lok. Sie stand da, als wäre nichts geschehen. Das Licht war grell, sie hatten Scheinwerfer aufgestellt, dazwischen das rote und blaue Flackern vor dem Wall auf dem Waldweg. Überall waren Rettungskräfte. Sie trugen Helme und schwere Anzüge. Es gab weißen Schaum, der auf den Schienen lag, und ich sah meine Mutter, die sich seltsam krümmte. Sie trug eine komische Decke um die Schultern und jemand hielt sie im Arm und redete auf sie ein. Ich starrte zu ihr herüber, und als ich meine Mutter wimmern hörte und sie den Kopf an die Brust des fremden Mannes legte, wusste ich, dass etwas sehr Schlimmes passiert sein musste.

Die Bilder sind jetzt alle wieder da, hier auf den Schienen. Es ertönt ein Signal und ich gehe auf die andere Seite hinter die Schranke. Dort halte ich mich fest und stehe wie ein morscher Stamm ohne Äste und Zweige. Armer Mick, denke ich und merke, ich habe lange nicht mehr geweint.

Noch Tage später fand man Fahrrad- und Körperteile. Die Kinder in der Schule erzählten sich, dass jemand einen Finger gesehen habe, der da so lag, weiter weg an der Trasse im Wald. Da fuhren die Züge schon lange wieder, als wäre nichts geschehen. Sie meinten, es sei Micks Finger gewesen und sie hätten Bescheid gesagt, dass er aufgesammelt wird und dann zum Bestatter kommt. Der Bestatter war ein Mann in einem dunkelblauen Anzug, der nach Rasierwasser roch, sich an unseren Tisch setzte und einen Ordner aufklappte. Er machte allerhand Kreuze und Vermerke, während er leise mit Vater und Mutter redete. Dann schob er die Brille hoch und räusperte sich. Ich fragte mich, ob er fand, den richtigen Beruf gewählt zu haben, wenn er

Finger von Bahngleisen aufsammeln musste. Oder ob er lieber Blumenverkäufer hätte werden wollen. In dem Moment sah er mich an und ich blickte schnell weg.

In der Zeit war Mutter blass und Vater grau. Er war noch in der Nacht aus Hamburg gekommen und sie hatten in der Küche gesessen und geweint und geschrien, bis es hell wurde. Ich hatte die Eltern noch nie so schreien und Vater noch nie weinen hören, und es war so fürchterlich, dass ich mir oben in meinem Bett die Decke über den Kopf zog und die Ohren zuhielt. Ich dachte an das Gürkchen und die Salami, die ich Mick vom Teller geklaut hatte, und weinte so doll darüber, bis Joon irgendwann herüberkam und zu mir unter die Bettdecke kroch. Joon zitterte vor Angst wie ich früher in der Nacht, und das erinnerte mich noch mehr an Mick, und wir weinten beide. Ich hielt Joon so, wie Mick mich immer gehalten hatte, bis wir schließlich einschliefen.

Noch Tage nach dem Unfall hatte Vater kein Wort mit uns gesprochen. Er sprach generell kaum und wenn, nur das Nötigste, das dann an Mutter gerichtet war. Mutter gegenüber war sein Ton weich und liebevoll. Das kannte ich nur, wenn die beiden nach Festen noch zusammen auf der Terrasse saßen, Vater den Arm um Mutter gelegt hatte und sie daraufhin giggelte wie eine der Trullas in der Schule.

Mutter weinte immerzu. Wenn sie kurzzeitig aufgehört hatte, fing sie sofort wieder an. Joon und ich durften in der ersten Zeit das Haus kaum verlassen, und wir versuchten, uns unsichtbar zu machen. Wir spielten abwechselnd in Joons oder in meinem Zimmer, manchmal im Garten oder wir saßen auf dem Kirschbaum und aßen den Amseln die Kirschen weg. Vater und Mutter würden sie in diesem Jahr nicht ernten, das wussten wir irgendwie. Meist spielten wir dann etwas, das Joon gefiel. Dabei sprachen wir mit verstellten Stimmen. Joon war dann immer der Kleine und ich musste ihn trösten. Manchmal lag er nur so da mit dem Kopf auf meinem Schoß und ich kraulte ihm das Haar oder flocht ihm Zöpfe, wenn es mir zu langweilig wurde. Joon und ich sprachen ab dem Zeitpunkt eine ganze Weile in Babysprache. Erst miteinander, später auch zu anderen. Wir sprachen mit kleiner, piepsender Stimme, sprachen manche Wörter absichtlich falsch aus oder lispelten. Meist zogen wir dazu einen dümmlich niedlichen Gesichtsausdruck, um unsere Hilflosigkeit zu betonen. Ich erinnere mich jetzt, dass Mutter mir zwei Tage nach dem Unfall irgendwann im Flur begegnete, etwas sagte und ich ihr mit der Babystimme antwortete, woraufhin sie mich ansah, wieder zu weinen begann und mich fest an sich drückte. Diese Umarmung war die erste, die ich außerhalb der Reihe zu Geburtstagen oder zu Weihnachten bekam und sie blieb mir wie ein Abdruck noch fest auf den Schultern und dem Rücken haften.

Wie ein Baby zu sprechen hatten wir uns dermaßen angewöhnt in der Trauerzeit zu Hause, dass ich es fortführte, sobald Joon und ich noch ein einziges Mal kurz in die Schule gehen mussten. Es sollte Zeugnisse geben. Es war ein schrecklicher Tag. Frau Petrus weinte, als sie mich sah, nahm mich in den Arm und sagte, man müsse in solchen Zeiten sehr stark sein und dass die Zeit alle Wunden heile, wenn man es auch nicht glauben könne.

Zeit war ein dehnbarer Begriff, wusste ich. Die Alten im Dorf sprachen davon, wie schnell sie verfliegen würde und wie viel Zeit wir jungen Leute doch hätten. Zu viel Zeit, fanden sie, sodass wir uns so viele Dummheiten ausdenken konnten. Wenn wir eine Sendung im Fernsehen sehen durften, verging die Zeit tatsächlich sehr schnell. Ich überlegte, ob man durchs Fernsehen alterte, und fragte mich, ob die Alten zu viel fernsahen und sich nur deshalb so alt fühlten. Dagegen verging die Zeit in den Mathestunden nie. Es war, als tropften die Sekunden quälend langsam in den muffigen Klassenraum, und ich stellte mir vor, sie füllten den Raum über Jahre mit Zeitwasser, bis wir endlich aufgequollen von der Flut aus den Fenstern und der Tür herausgespült wurden. Jetzt war es ebenso. Die Tage waren zäh wie der Kleister im Bastelunterricht. Ich zog ihn zwischen den Fingern und wünschte, alles wäre vorbei. Ich dachte darüber nach, warum der Zeit nachgesagt wurde, Wunden zu heilen, aber ich fand keine Antwort darauf. Das mit Mick würde nie vorbeigehen, dachte ich. So wie die Wunde an meinem Knie, die ich mir als kleines Kind mal bei einem Unfall mit dem Roller zugezogen hatte. Sie eiterte immer wieder und es war eine tiefe Narbe zurückgeblieben.

Niemand in der Schule sagte zunächst etwas zu meiner Babystimme. Sie war dünn und hoch. Die

Kinder sagten nichts, sie sahen mich nur mit großen Augen an und einige antworteten mir manchmal sogar in einem mütterlichen Ton oder streichelten mir über das Gesicht. Bis eine der Trullas aus der Nachbarklasse mit angewidertem Gesichtsausdruck fragte, warum ich so bescheuert spreche. Wie ein Baby, sagte sie und lachte mich aus. Danach ließ ich es sein. Ich sprach stattdessen erstmal gar nicht mehr, aber nahm dafür nachts den Daumen in den Mund.

Der Zug rauscht jetzt an mir vorbei. Es ist laut und ich spüre einen Sog, den Wind, der mein Gesicht trocknet. Dann ist es vorbei und mir bleibt ein kurzer Druck in den Ohren, als würde man kleine Kopfhörer zu fest in den Gehörgang stecken und wieder herausziehen. Die Schranke öffnet sich und ich betrete die Gleise, überquere sie und erklimme den Wall. Ich schaue nicht zurück.

Wieder im Dorf ist alles ruhig. Man erkennt mich nicht. Wenn man mir begegnet, grüßt man mich trotzdem, freundlich, aber auch ein wenig misstrauisch. Ich laufe an der Ziegelei vorbei und später an der Kiesgrube, die noch aussieht wie früher. Sogar das Loch im Maschendrahtzaun ist noch da.

Ich gehe die kleinen Straßen vom Diepel zu Fabis Haus, bleibe kurz davor stehen und mache ein inneres Bild. Sein Name steht noch auf dem Klingelschild und vielleicht, denke ich, ist es inzwischen er, der hier lebt mit Frau und Kindern, denn das kann man sehen, das Familienleben. All das Spielzeug im Garten deutet darauf hin. Hinten links stand früher immer eine Hollywoodschaukel, auf der haben Fabi und ich uns geschaukelt und uns angesehen. Manchmal hat er dann gefragt: Was ist denn?

Und ich habe gesagt: Nichts, was soll sein?

Und wenn er mich angeguckt hat, habe ich gefragt: Was ist denn?

Und er hat gesagt: Nichts, was soll sein?

Und dann mussten wir lachen. Ich war da sehr glücklich mit ihm.

Ich nehme eine Abkürzung über den Spielplatz, auf dem wir früher oft haltmachten, nachdem Tati und ich beim Diepel klauen waren. Im Anschluss laufe ich den Finkenweg hinunter. Da vorne liegt Tatis Haus. Hier, an dieser Stelle der Straße, sah sie mich an und sagte: Weißt du, wie sehr ich dich beneide, weil du wegziehst?

Ich habe nichts gesagt und sie nur angeguckt. Wir schoben unsere Räder über die Straße und Tati spuckte ihren Kaugummi irgendwohin.

Aber auf die gute Art, sagte sie. Es gibt das Neidischsein, das böse ist, weil man einem was nicht gönnt, und das, das gut ist, weißt du? Das, wo man denkt, ich freue mich für dich, aber ich hätte es auch gern. Ich würde gern mitkommen und die ganze Scheiße einfach hierlassen.

Ich nickte. Ich kannte die verschiedenen Arten von Neidischsein. Mir fällt das jetzt wieder ein. Mir fällt alles wieder ein. Ich blicke auf meine Füße auf den Platten des Bürgersteigs und sehe uns mit Kreide darauf knien und alles bunt anmalen. Manchmal saßen wir einfach nur auf dem Fußweg herum. Wir zählten unsere Muttermale oder Mückenstiche und pulten an uns herum. Wir malten uns die Fingernägel mit Filzstiften oder mit dem geklauten Nagellack von unseren Müttern an und ahmten die Trullas nach. Meine Mutter hatte nur Rosa. Tatis Mutter hatte dagegen Rot in allen Schattierungen, das war ein bisschen interessanter. Damals in Tatis Bad schnitten wir uns die Haare mit einer Bastelschere. Tati hatte die Idee gehabt, eine Seite kurz zu schneiden und eine Seite lang zu lassen. So trug Cyndi Lauper ihre Haare. Das hatten wir in der *Bravo* gesehen, die wir uns ab und zu einklauten, wie Tati und ich es nannten. Später schnitten wir daraus die Bilder aus und klebten sie mit kleinen Röllchen geklauten Tesafilms an die Wände, sodass die Bilder aussahen, als würden sie schweben, weil niemand entdecken konnte, wie wir sie befestigt hatten.

Willst du das auch so kurz?, fragte sie und ich nickte.

Dann aber andersherum, schlug Tati vor. Jede schneidet sich die andere Seite. Wenn wir dann zusammenstehen, sehen wir aus wie eins, nur dass wir verschieden sind, verstehst du?

Logisch verstand ich das.

Wie so ein Herz, das auf einer Seite schwarz ist und auf einer Seite weiß, und dann bricht man es durch und trägt es mit sich herum.

Wo gibt's denn so was?, fragte ich erstaunt und Tati sagte: Im Fernsehen.

Tati wusste alles Mögliche aus dem Fernsehen.

Es war aber gar nicht so leicht, meine Haare abzuschneiden. Man musste ziemlich doll drücken, bis die Bastelschere durch meinen Zopf schnitt. Die Finger taten mir weh, so anstrengend war es, aber dann hatte ich links die Haare kurz und in schrägen Treppen vom Kopf fallend, und rechts hing mein alter Zopf.

Jetzt du, sagte ich und reichte Tati die Bastelschere.

Nö, sagte sie und bog sich vor Lachen, als sie mein Gesicht sah.

Ich bin doch nicht doof. Guck mal, wie das aussieht.

Ich erinnere mich, wie gelähmt ich war. Ich stand da mit der Bastelschere, die ich ihr immer noch hinhielt, und war mal wieder eingefroren, versteinert wie eines der Denkmäler im Stadtpark. Menschen auf Pferden in seltsamen alten Kostümen oder Paare, die sich umarmten und sich nicht mehr loslassen konnten. Ich stellte es mir schrecklich vor, versteinert zu werden in einem Moment wie diesem hier, der dann für die Ewigkeit bleiben würde. Ich fürchtete, dass es auch mir passieren könnte, und musste an den Mann in der Fußgängerzone denken, der so getan hatte, als sei er ein Denkmal. Er trug einen hellen Anzug, hatte sich Hände und Gesicht weiß angemalt und eine grellweiße Perücke auf dem Kopf, wie die Menschen, die früher in Schlössern lebten. Er stand ganz still, genau so wie die Denkmäler im Stadtpark, und er bewegte sich nur, wenn jemand ein Geldstück in seinen Hut warf. Ich stand lange vor diesem Mann, während Mutter ihre Besorgungen erledigte. Ich starrte ihn an und fragte mich, ob ihn noch etwas anderes als das klirrende Geldstück aus seiner Starre herausholen konnte oder was passieren würde, wenn er mal musste oder ihn etwas in der Nase kitzelte. Ich wartete geduldig. Als Mutter mich schließlich genervt rief und ich gehen musste, zwinkerte er mir zu. Ich bin mir sicher, dass er zwinkerte, auch wenn er danach wieder in seine Starre verfiel und tat, als sei nichts geschehen.

So jedenfalls kam ich mir vor, während ich Tati noch immer die Bastelschere hinhielt. Ich weiß, dass ich damals meinte, ich hätte noch nie etwas Gemeineres erlebt als das. Ich starrte sie an wie ein Monster. Sie hörte auf zu lachen und sah mich an. Schon gut, reg dich ab, sagte sie, griff zur Bastelschere und schnitt sich die rechte Seite kreuz und quer ab. Am nächsten Tag mussten wir beide zum Friseur, der uns recht burschikose Kurzhaarschnitte verpasste, sodass wir nicht mehr sehr aussahen wie Cyndi, sondern eher wie Jungsfreunde, wie Tati fand. Uns blühte jeweils eine Woche Hausarrest und Tati musste zur Strafe noch die Kaninchenställe ausmisten.

Jetzt stehe ich vor Tatis Elternhaus. Ich weiß, dass hier schon lange niemand mehr von ihnen lebt, aber ich sehe zum Fenster des Wohnzimmers und denke mich in die orangebraune Inneneinrichtung, sehe den Vater auf dem Sofa sitzen und höre seine Stimme, wie er Frollein rief. Ich gehe weiter, am Haus vorbei, und sehe noch einmal zurück. Auf der rechten Seite befindet sich das Fenster, das damals zu Tatis Zimmer gehörte und aus dem wir nachts ausgestiegen waren.

Ich überquere die Straße und sehe die Hauptstraße hinunter, die aus der Stadt ins Dorf führt. Manchmal versuchten wir hier, angemalte Steine in einem Karton zu verkaufen. Oder wir saßen auf einem Verteilerkasten, zählten die roten Autos und kniffen uns, wenn eine grüne Ente vorbeifuhr. Dann durfte man sich etwas wünschen. Das waren aber Wünsche, die nie in Erfüllung gingen, wie ich mal feststellte.

Einmal hielt hier ein Mann in einem dunkelgrünen Auto neben uns. Er stieg aus und sagte, wir sollten mal gucken kommen, er habe etwas Tolles für uns. Natürlich gingen wir an den Kofferraum, aller Warnungen unserer Mütter zum Trotz. Im Kofferraum lagen mehrere Packungen Stifte, die nebeneinander in einer durchsichtigen Tasche steckten. Es waren sechsunddreißig Filzstifte in allen Farben mit zwei Kappen. Oben für dünne Striche und unten zum Ausmalen für die großen Flächen. Wir staunten. So etwas kostete damals ein Vermögen.

Die sind doll, oder?, fragte er und wir nickten stumm.

Wollt ihr die haben?, fragte er und wir nickten wieder mit großen Augen.

Einfach so?, fragte Tati und er sagte: Na klar. Ich tu euch einen Gefallen und ihr tut mir einen Gefallen. So läuft das, oder?

Wir zuckten mit den Achseln.

Was denn für einen Gefallen?, fragte Tati, und der Mann stellte zwei kleine Kartons neben uns auf die Straße.

Hier, das sind Zettel, sagte er und zündete sich eine Zigarette an, die müssen in jeden Briefkasten. Immer einen in jeden Briefkasten. Schafft ihr das?

Tati und ich nickten.

Na dann, sagte er. Viel Spaß.

Er reichte uns zwei Packungen mit Stiften, schloss den Kofferraum und stieg in sein Auto.

Ich komme dann nachgucken, ob in jedem Briefkasten ein Zettel steckt, rief er noch durch das heruntergekurbelte Fenster, bevor er losfuhr. Als das grüne Auto weg war, sahen wir uns an und kicherten.

Das ist ja supertoll, sagte Tati.

Die Zettel waren gelb und nur so groß wie zwei Hände. Darauf stand, dass in der Stadt ein neuer Schreibwarenladen aufgemacht hatte, was es dort alles zu kaufen gab und wie günstig die Eröffnungsangebote waren.

Ganz schön dumm, meinte Tati dazu. Ein guter Geschäftsmann ist der wohl nicht, wenn der alles so billig macht und es auch noch allen schreibt.

Den restlichen Tag fuhren wir die gelben Zettel mit den Fahrrädern aus und überlegten uns, welche Geschäfte wir eröffnen würden. Tati würde einen Kosmetikladen aufmachen, in dem man auch Haare schneiden und sich schminken lassen konnte.

Gute Idee, fand ich, den haben wir noch nicht im Dorf.

Doch nicht im Dorf, lachte Tati und zeigte mir einen Vogel. Wen soll ich denn hier schminken? Nö, ich geh mal nach Hamburg und schminke die Stars.

So Stars wie Nena?, fragte ich, als wir durch einen Vorgarten auf ein Haus zuliefen.

Und sie nickte und sagte: So wie Nena und Cyndi.

Dann warf sie gleich zwei Zettel in den Briefkasten und sagte: Doppelt hält besser.

Und du?, fragte sie dann.

Ich werde mal Übersetzerin, sagte ich und schloss das Gartentor hinter uns.

Übersetzerin? Du meinst, mit einer Fähre von einem Ufer zum anderen, oder was?, fragte Tati und zog die Nase hoch.

Jetzt lachte ich und zeigte ihr einen Vogel.

Doch nicht so. Ich kann ganz viele Sprachen und helfe den Menschen, sich zu verstehen.

Verstehe, sagte Tati.

Als es langsam dunkel wurde und wir erst einen der beiden Kartons verteilt hatten, überlegten wir, was wir jetzt tun müssten.

Gut wäre, wenn man sie von oben herunterwirft und sie sich selbst verteilen, meinte ich und dachte an ein Flugzeug. Tati sagte: Na dann werfen wir sie doch vom Silo. Gut, oder?

Ganz schön hoch, sagte ich, als wir kurze Zeit später vor dem Silo auf Bauer Böttchers Hof standen und nach oben sahen. An der Seite führte eine metallene Leiter nach oben.

Macht mir nix, sagte Tati, nahm den kleinen Karton unter den Arm und kletterte die Leiter hoch.

Mir wurde schon vom Zugucken schwindelig und ich rief immer wieder: Gut festhalten.

Jaja, rief Tati.

Als sie etwa zur Hälfte oben war, rief sie: Ich kann den blöden Karton nicht mehr halten. Sagte es und schon rutschte der Karton aus ihren Händen. Die gelben Blätter segelten durch die Luft bis zu mir herunter und um mich herum. Es sah wunderschön aus. Genau, wie wenn bei uns im Garten nach Ostern der gelbe Strauch alle Blüten verlor. Wir lachten. Tati hob einen Arm und johlte. Der Platz vor dem Silo war jetzt gelb gepflastert, und als Tati wieder unten ankam, sprangen wir von einem gelben Papier zum nächsten und dann schnell auf die Fahrräder.

Noch Wochen später hatten wir Angst, auf der Straße dem grünen Auto zu begegnen oder Bauer Böttcher im Dorf. Ich sah ihn mal mit seiner Tochter auf dem Fahrrad von Weitem und da schlug ich schnell einen anderen Weg ein.

Der Mais raschelt im Wind, und ich denke an Mutter und frage mich, ob sie mir etwas sagen wollte vorhin. Ich meine, wie kann das sein, dass sie so etwas jetzt fragt, aus heiterem Himmel, jetzt, nach all den Jahren? Warum ausgerechnet jetzt? Ich sehe wieder ihren vorwurfsvollen Blick und frage mich, wie es sein muss, wenn man nichts hinterfragt und ob es das Leben leichter macht. Kann man wirklich so leben und alles wegschieben, das einem irgendwie seltsam vorkommt, oder fällt einem einfach nie etwas auf? Aber hier muss ihr mal etwas aufgefallen sein, sie muss sich an die Szene in der Küche erinnert haben, als ich es ihr sagte. Dazu wurden sie ja von der Polizei befragt. Beiden wurden am nächsten Tag Fragen gestellt, die sich keiner beantworten konnte. Ich lache bitter auf, denn ich hatte es ihr damals gesagt. Aber was weiß ich schon, was sie weiß und was sie nur nicht wissen will.

Ich versuche es erneut bei Philipp, aber wieder geht nur die Mailbox an. Diesmal spreche ich drauf und sage: Hi, Philipp, ich wollte mich nur mal melden. Ich verstecke mich schon wieder, denke ich. Meine Stimme klingt leicht und locker, als wollte ich sagen: He, na, wie geht's denn so? Vielleicht gehen wir mal zusammen ein Bier trinken. Stattdessen sage ich jetzt: Können wir mal reden, ich habe eben etwas Schlimmes festgestellt. Das mit Mick war meine Schuld, ich hatte das verdrängt und es geht mir gar nicht gut. Da, denke ich. Jetzt ist es ausgesprochen, aus mir heraus. Es war meine Schuld. Dieser Satz steht da nun und er macht etwas. Zwischen mir und dem Maisfeld macht er es wahr, denn was man laut ausspricht, ist plötzlich in der Welt.

Ich sehe Großmutter in der Aula der Schule vor mir, als Joon mit seiner Klasse eine Aufführung hatte und sie *Die Gedanken sind frei* sangen, und höre sie sagen: Ja, die Gedanken sind frei, aber wehe man spricht sie aus, dann werden sie wahr und bekommen Messer in die Hand gedrückt. Ich sah sie an und sie guckte mich an, als würde sie sagen: Merk dir das! Merk dir das, denke ich. Dabei lernte ich es von Anfang an. Die Blicke, die Kühle und die Kälte, die einem entgegenschlug, wenn man etwas fragte, wissen wollte, nachhakte. Die schiere Beleidigung, die eine einfache Frage auslösen konnte, der Grad der Verletzung darin, auch bei mir. Immer wieder. Das verstehst du noch nicht, wurde zuerst gesagt. Das geht dich nichts an. Sei nicht so neugierig!, hieß es dann. Sei still!, wurde gezischt oder später drohend mit aufgerissenen Augen: Bist du jetzt still! Manchmal sagten sie es auch resigniert: Musste das wieder sein? Du kannst einfach nicht Ruhe geben, musst immer alles zerstören.

Als sei ich es gewesen, die alles immer zerstörte. Weil ich Fragen hatte. Natürlich ist es nichts, das in unserer Familie begonnen hat, denke ich jetzt. Es geht um vererbtes Schweigen. Sie haben alle etwas mitbekommen aus zwei Weltkriegen und dem ganzen Sterben, dem Grauen, von der Schuld, der Angst und dem Hass. Sie haben sich gerettet in ein schweigendes Nichts. Nur ich wollte das nie. Das Misstrauen der Welt gegenüber, das Schweigen und die Ablehnung. Ich wollte es anders machen, es anders denken, es anders sehen, als es war. Es war ein bewusster Entschluss.

Hilfe, denke ich und sehe dabei Karl vor mir. Ich bleibe stehen und wähle seine Nummer. Er ist sofort dran und sagt: Wie geht es dir? Ist alles okay? Du hast auf meine Anrufe nicht reagiert.

Ich musste erst in die Pension und dann war ich bei meiner Mutter, sage ich. Ich stocke. Ich kann es nicht so sagen, merke ich, hier am Telefon zwischen dem Maisfeld, kurz vor dem neuen Supermarkt, der jetzt dort steht, wo unser Wäldchen war, und auf dessen

Parkplatz die Autos dicht an dicht stehen, weil alle schon Wochenendeinkäufe erledigen wollen.

Wie es so ist, nach langer Zeit, sage ich vage.

Ja, sagt er. Nächstes Mal zeigst du mir alles bei euch da unten, okay?

Ich lächle: Ja, sicher.

Ich vermisse dich.

Ich dich auch, sage ich, sehr, und als wir auflegen, stelle ich fest, dass es wirklich so ist.

Meist weiß ich nicht wirklich, ob ich jemanden vermisse. Manchmal merkte ich es erst, wenn derjenige wieder da war, Freunde oder Geliebte. Wenn sie bei mir waren, ich sie spürte, wir sprachen und lachten und den Moment teilten, dann fühlte ich wieder, wie sehr ich sie vermisst habe. Aber ich fühlte es nie in dem Moment, in dem es geschah, nur im Nachhinein. Ich wusste, was es bedeutete, wenn die anderen es sagten, aber ich war nicht sicher, ob ich es in gleichem Maße empfand wie mein Gegenüber. Denn eigentlich war immer alles okay für mich. Ich fühlte mich wohl dabei, allein zu sein. Manchmal war ich sogar erleichtert darüber, allein sein zu können. Vielleicht, dachte ich oft, konnte ich es einfach nicht richtig, das Vermissen und das Lieben. Ganz und gar und so wie es hieß, dass es sein musste, in den Büchern oder Filmen. Oder wie man spürte, dass es sein musste, wenn man eine Freundin tröstete, die Liebeskummer hatte. Immer blieb da bei mir dieses Gefühl, es vielleicht nicht wirklich genug zu fühlen und daher auch vielleicht nicht wirklich genug lieben zu können. Als würde mich irgendetwas zurückhalten oder mir etwas fehlen, um mich vollends hineinzubegeben. Wahrscheinlich war das der Moment, in dem ich Angst verspürte. Dann, wenn es ernster wurde.

So war es bei Philipp gewesen. Es war eine Furcht, mich einerseits einzulassen und gleichzeitig, ihn vielleicht deswegen zu verlieren. Dabei spürte ich, dass er etwas konnte, zu dem ich vielleicht nicht in der Lage sein würde. Vielleicht würde ich es nämlich nicht schaffen, ihn so zu lieben, wie er mich liebte und brauchte. Denn ich brauchte eigentlich niemanden spezifisch. Ich brauchte die Gesellschaft vertrauter Menschen, aber bis zu welchem Grad ich ihnen mein Vertrauen entgegenbrachte, bestimmte ich. Ich bestimmte sowieso alles. Ich hatte immer alles unter Kontrolle, selbst dann, wenn das Leben mir die Kontrolle aus der Hand nahm. Menschen kamen und gingen, wie ich wusste, und es fiel mir mittlerweile leicht, sie im Guten loszulassen oder mich von ihnen loszumachen. Die Furcht davor, es ganz und gar zu versuchen, zu lieben, sich hinzugeben, hielt mich ab, es vollkommen zuzulassen, dabei womöglich Kontrolle zu verlieren und etwas nicht mehr in der Hand zu haben. Es fehlte Vertrauen, dachte ich, aber stellte mit Philipp fest, dass selbst, wenn diese Furcht überwunden war, selbst wenn ich spürte, ich könne vertrauen, ich doch meinte, ich würde mich zurücknehmen, etwas in mir würde sich unsichtbar stellen und sich verstecken, um nicht alles preisgeben zu müssen, mein inneres Kästchen preiszugeben, das nur mir gehörte. Ein Kästchen, in das niemand hineinsah, noch nicht mal ich. Aber ich wusste, dass es existierte, und ich wusste, wie es aussah.

Nicht nur deshalb hätte ich gern Kinder gehabt, denke ich nun und beobachte im Vorbeigehen ein Paar, das mit seinen zwei Kindern aus dem Auto steigt. Ich hätte endlich jemanden lieben können, mit allem, was dazugehört. Ganz und gar und ohne Vorsicht. Plötzlich kommen mir die Tränen, es ist das zweite Mal und es ist ganz unvermittelt. Ich weiß gar nicht, wann ich das letzte Mal so viel geweint habe, wahrscheinlich, als damals klar wurde, dass wir keine Kinder bekommen würden.

Philipp und ich waren schon lange ein Paar gewesen. Ich hatte ihn auf einer Party kennengelernt, da waren wir etwa siebzehn. Wir spielten ein Trinkspiel mit Würfeln, in dem es darum geht, möglichst überzeugend zu lügen, wenn einen das Würfelglück verlässt. Ich war gut im Lügen und musste niemals trinken. Philipp saß mir gegenüber, und obwohl ich ihn nicht kannte, wusste ich jedes Mal, ob er gelogen hatte oder nicht. Ich sah es ihm einfach an. Er bemerkte meine Blicke, und immer dann, wenn ich meinte, er habe gelogen, zog ich eine Augenbraue hoch, was er mit einem halben Grinsen beantwortete. Viel später fing er mich vor der einzigen Toilette ab und küsste mich, betrunken wie er war vom schlechten Lügen und vom billigen Wodka. Wir wurden ein Paar. Philipp war der erste Junge, zu dem ich fast genauso viel Vertrauen hatte wie zu Mick und mit dem ich mich nicht langweilte, egal was wir machten.

Wir blieben ein Paar, Philipp und ich. Wir zogen schnell zusammen. Er entkam seinem konservativen, rigorosen Elternhaus und ich meinem schweigsamen. Wir zogen zusammen, zogen zusammen weiter, studierten und probierten uns aus. Ich brach das Studium ab und begann meine Lehre. Er studierte unermüdlich weiter, bis er seine juristischen Staatsexamen in der Tasche hatte. Stoisch und unbeirrbar blieben wir ein Paar. Wir quälten und liebten uns, wir stritten und versöhnten uns, erlebten alle wichtigen Dinge zum ersten Mal und waren uns dabei Halt und immer genug. Ich wollte Kinder haben, am besten vier, damit sich immer zwei zusammentun konnten und niemand allein sein musste gegen uns Erwachsene, und nachdem Philipp seine erste Stelle in einer kleinen unorganisierten Kanzlei bekam, entschlossen wir uns, es einfach darauf ankommen zu lassen.

Es kam aber offenbar nicht darauf an, denke ich jetzt und sehe die Kfz-Werkstatt, die damals Fabis Vater gehörte. Nach ein paar Schritten stehe ich zunächst etwas unschlüssig vor der ehemaligen Tankstelle, sehe dann aber eine Eistruhe mit einer Tafel und betrete den kleinen Werkstattladen. Ein Wassereis wie früher wäre jetzt gut. Drinnen ist es duster. Es riecht nach Gummi und Lösungsmittel, und meine Augen gewöhnen sich nur mühsam an das Dunkel. Ein Mann grüßt, er trägt einen Schnauzer und ist zu alt, um Fabi zu sein. Ich bin seltsam enttäuscht, nehme mir ein gelbes Wassereis aus der Truhe und zahle. Während der Mann mir das Wechselgeld herausgibt, frage ich aber doch: Früher hat die Werkstatt einer Familie gehört mit einem Sohn Fabian. Sagt Ihnen das vielleicht etwas?

Er sieht mich an und sagt: Da meinen Sie wohl meinen Schwiegersohn.

Ach, sage ich erfreut. Ich bin eine Freundin von früher. Wissen Sie, wo ich ihn finden kann?

Da gehen Sie hier mal raus und klopfen direktemang an das Werkstatttor, sagt er und zeigt in Richtung des Tors, vor dem Fabi und ich früher saßen und seinem Vater zusahen.

Ich bedanke mich und kaum bin ich aus der Tür heraus, kommt er mir entgegen. Ich erkenne ihn sofort. Seine Augen leuchten immer noch wie damals, nur ein wenig dunkler blau vielleicht, ich bin nicht sicher, und er hat jetzt ringsum viele Fältchen, wenn er lächelt wie in diesem Moment. Sie sehen aus wie Strahlen, und da ist noch genau dasselbe Grübchen am Kinn. Es ist nur umgeben von etwas unrasierten Wangen. Seine Hände sind schwarz und er trägt ein blaues T-Shirt und eine Jeans, die von schwarzen Ölspuren übersät ist. Ich bleibe stehen und sehe ihn an, ich lächle und er lächelt immer noch und dann sagt er: Also, wir kennen uns doch.

Sogar seine Stimme ist vielleicht noch dieselbe, was natürlich Quatsch ist, sie ist älter, dunkler, genau wie seine Augen. Aber es gibt in der Art zu sprechen etwas, das ich wiedererkenne. Ich nicke und sage: Ja.

Linda, ruft er dann und lässt seinen Mund ein wenig offen stehen. Das gibt es doch nicht.

Hallo Fabi, sage ich.

Er legt seinen Handrücken kurz an die Stirn und meint: Mein Gott, ist das lange her.

Ich nicke und lache. Mein Eis beginnt zu tropfen und ich stecke es schnell in den Mund.

Warte hier, sagt er, warte hier und geh nicht weg, ich muss mir kurz die Hände sauber machen und hole uns einen Kaffee, gut?

Ich nicke und lache. Versprochen?, sagt er. Du gehst nicht weg.

Ich schüttele den Kopf. Draußen setze ich mich auf eine alte Zapfsäule und esse mein Eis.

Mein Gott, denke ich. Es ist jetzt wirklich dreißig Jahre her, dass wir uns zuletzt gesehen haben. Als wir fünfzehn waren, haben wir uns einmal Briefe geschrieben. Er schrieb, dass er Fußball spielt und dass er es nicht erwarten kann, den Führerschein zu machen. Er hatte meine Adresse von unserer alten Grundschullehrerin Frau Petrus, die mich ihm gegenüber mal erwähnte. Ich freute mich sehr über seinen Brief.

Ich weiß nicht mehr, wie ich antwortete. Ich erinnere mich nur, dass ich auf schwarzem Papier und mit einem Silberstift schrieb. Ich malte die Anfangsbuchstaben wie Initialen, weil es mir sehr künstlerisch vorkam. Wahrscheinlich schrieb ich albernes Zeug, denke ich, während er genau jetzt herauskommt. Er trägt zwei Becher in der Hand und einen Milchkarton unter dem Arm und sagt: Ich wusste nicht, wie du deinen Kaffee trinkst.

Ich lache: Wie auch. Es gab ja nur Kakao damals in der Schule.

Er gibt mir einen Becher, weiß mit einem blauen Schriftzug der Werkstatt. Blau war immer Fabis Lieblingsfarbe. Dann setzt er sich neben mich.

Das gibt es echt nicht, sagt er und guckt mich von der Seite an. Wir haben uns seit damals nicht mehr gesehen. Was machst du hier?

Ich habe meine Mutter besucht, sage ich. Ich war an der Bahntrasse und bin durchs Dorf gelaufen und nun bin ich auf dem Weg zu Mick auf den Friedhof.

Er nickt. Dein Vater ist auch gestorben, habe ich gehört. Mein herzliches Beileid.

Danke, sage ich, es ist jetzt auch schon ein paar Jahre her.

Das war alles eine schlimme Zeit damals, sagt er, das mit Mick und dem Unfall.

Ich seufze. Ja, wie ein schwarzer Tunnel. Ich seufze wieder, diesmal ein bisschen leiser, und er schaut in seinen Becher.

Aber es ist eben lange her, sage ich. Und wie ist es bei dir?

Ja, also ich habe zwei Kinder. Ein Mädchen und einen Jungen. Das Mädchen wird jetzt schon zwanzig, studiert in Göttingen Jura, der Junge ist fünfzehn, spielt Fußball, so wie ich früher. Er grinst. Die Hauptarbeit ist getan.

Ich lächle: Herzlichen Glückwunsch. Das klingt toll.

Und du? Hast du Kinder?

Nein, keine Kinder, sage ich. Es sollte irgendwie nicht sein.

Ich trinke einen Schluck.

Ich musste in letzter Zeit viel an uns denken, wie wir waren, als wir klein waren, sage ich und sehe auf seinen Ehering. Man kann sehen, dass er schon sehr lange am Finger sitzt. Die Haut daneben hat sich etwas verdickt.

Ob du es glaubst oder nicht, ich habe immer mal wieder an uns damals gedacht. Und ich habe mal nach dir gesucht. Das war vielleicht so mit achtzehn. Da warst du nicht mehr unter deiner Adresse zu finden.

Ich bin früh ausgezogen, sage ich. Schon mit siebzehn, zu meinem damaligen Freund. Ich musste raus.

Wie das so ist, sagt er. Ich wollte auch immer raus. Den Führerschein machen und weg. Und dann kam alles ganz anders.

Wie kam es?, frage ich.

Kennst du noch Heike?

Ich zucke mit den Achseln.

Warte hier. Er zeigt mir in seinem Handy ein Bild einer blonden Frau. Vielleicht kam sie später zu uns, da warst du schon weg, glaube ich. Wir waren schon lange ein Paar, und, na ja, sie wurde schwanger mit unserer Tochter. Da gab es dann nichts anderes mehr. Ich hatte eine Kfz-Lehre gemacht und war dann hier bei Vaddern. Ich sollte eben irgendwann den Laden übernehmen. Er zuckt die Achseln. Aber weißt du, alles gut. Ist alles gut geworden. Ich bin zufrieden. Mehr kann man doch nicht wollen, oder?

Ich lache, wie man lacht, wenn jemand so etwas sagt.

Wohnt ihr noch in eurem alten Haus? Ich bin dort vorhin vorbeigekommen.

Ach nein, sagt er, wir wohnen im alten Dorf.

Hätte mich jetzt auch gewundert, da war Kinderspielzeug im Garten, das passt ja dann nicht mehr zu euren großen Kindern.

Nee, da leben meine Eltern noch und meine Schwester hat noch zwei kleine Mädchen, die sind da häufig.

Ach, wie schön, sage ich.

Was ist denn aus dir geworden?, fragt er und stützt in einer männlich überbetonten Geste eine Hand auf seinen Oberschenkel.

Ich nähe, sage ich. Ich nähe den ganzen Tag Taschen und Rucksäcke und vorher entwerfe ich sie.

Also so eine Art Designerin?, fragt er.

Na ja, sage ich, eher eine Sattlerin. Ich habe mich auf Taschen spezialisiert und mich selbstständig gemacht.

Ich halte meine Tasche hoch: Hier, so sehen sie aus.

He, toll, sagt er. Also bist du ja auch richtig handwerklich begabt.

Ich lächle und sage: Ich bemühe mich. Dann rutsche ich von der Zapfsäule herunter, weil mir der Hintern wehtut, und trinke meinen Becher aus.

Kommst du vielleicht mit zum Friedhof, zu Mick?, frage ich, aber er schüttelt bedauernd den Kopf. Jetzt geht es leider nicht. Ich muss noch etwas fertigmachen. Er deutet auf das Werkstatttor. Aber was ist, willst du heute Abend zu uns kommen? Auf ein Glas? Oder zum Essen?

Sehr nett, sage ich ausweichend, aber –

Fabi unterbricht mich: Na, komm schon. Wenigstens auf ein Glas Wein. Das müssen wir machen nach all der Zeit.

Na gut, sage ich, also gern.

Er holt eine Karte und einen Kugelschreiber heraus und schreibt mir eine Adresse auf die Rückseite. Da hinten ist es, sagt er und zeigt ins alte Dorf. Hier ist auch meine Nummer. Dann bis später. Vielleicht so gegen sieben?

Ist gut, sage ich, und bevor ich gehe, fällt mir ein: Sag mal, weißt du eigentlich etwas von Tati? Lebt sie noch im Dorf?

Ah, nee, sagt er. Nee, sie ist irgendwann weggezogen. Aber nicht weit weg von hier. Nur frag mich mal, wohin. Aber das kriegen wir raus, ich höre mich mal um.

Danke dir, sage ich.

Er geht und die beiden Becher in seiner Hand klirren aneinander.

Am Friedhofstor bleibe ich stehen. Das Tor ist niedriger, als ich es in Erinnerung hatte. Ich zögere und frage mich, ob ich nicht lieber weitergehe, ob ich diesen Besuch bei Mick am Grab auch noch schaffe. Ich bin so müde, vielleicht gehe ich in die Pension, um mich eine Stunde hinzulegen. Es ist jetzt halb fünf. Während ich noch dastehe, weiß ich bereits, dass meine Entscheidung längst gefallen ist, also drehe ich mich um und nehme den Weg entlang des Feldes.

Auf dem Weg zum Heidehus rufe ich Mutter an. Ich erzähle von der Einladung bei Fabian und sage ihr, dass ich erst morgen wieder zu ihr komme. Sie scheint wenig überrascht. Ich frage, wann es ihr recht sei.

Wann du möchtest, ich bin hier, sagt sie.

In Ordnung, antworte ich. Und dann sage ich: Mutter?

Ja?, fragt sie.

Ich weiß nicht, wie ich beginnen soll. Es sind zu viele Fragen in meinem Kopf, als dass ich eine erste stellen könnte. Obwohl es so vielleicht geht, so am Telefon.

Ach, nichts, sage ich schließlich. Dann bis morgen.

In Ordnung, sagt sie.

Im Heidehus hole ich mir meinen Zimmerschlüssel und frage, ob ich in einer Stunde einen Kaffee aufs Zimmer bekommen könne.

Aber natürlich, sagt die junge Frau an der Rezeption und tippt etwas in den Computer. Sie hat eine weiße Bluse an, die fest und steif aussieht. Der Kragen läuft spitz auf den Rand einer violetten Weste zu, auf deren Brusttasche in einem dunklen Lila Heidehus zu lesen ist, darunter ein Namensschild, Frau S. Sander. Sie trägt einen Rock in der Farbe der Weste. An ihrer rechten Hand steckt ein Ehering. Ich überlege, wie alt sie ist, höchstens zwanzig, denke ich. Aber vielleicht täusche ich mich.

Sehr gern. Einen Pott Kaffee oder einen Cappuccino oder einen Latte?

Einfach einen Pott, bitte, schwarz, sage ich und sie tippt eine weitere Notiz. Ich bedanke mich und gehe nach oben.

Das Zimmer ist hell eingerichtet. Die Kiefernholzmöbel haben abgerundete Ecken und könnten allesamt in einem Kinderzimmer stehen. Die Wände tragen beige und die Bettwäsche ist weiß-beige gemustert. Meinen Rucksack habe ich vorhin auf einen der Stühle am Fenster gestellt. Jetzt nehme ich mein Ladekabel heraus, suche eine Steckdose und hänge mein Handy daran. Dann lege ich mich auf das Bett und streife im Liegen meine Sandalen ab. Ich schlafe sofort ein und träume wieder einen der Träume, in dem man nicht vorankommt. Die habe ich häufiger. Man möchte loslaufen und bewegt sich wie durch unsichtbaren, zähen Pudding. Im Traum meine ich, dass es nur mir so geht und dass jeder andere sieht, wie wenig es mir gelingt, und ich fühle mich schrecklich schwach und ausgeliefert.

In meinem Traum versuche ich, über einen kopfsteingepflasterten Hof zu gehen. Dort sitzt ein alter Hippie, an eine Hauswand gelehnt. Er trägt ein Stirnband und seine Haare sind sehr lang, er hat kaum noch Zähne, einen Bart und er trinkt Bier. Er sieht mir zu und ruft: Darling, just turn round. Er sagt es mit einem belustigten Blick, als sei es geradezu niedlich, wie sehr ich mich in meinem hoffnungslosen Unterfangen abmühe. Ich bleibe also stehen, drehe mich um und beginne, rückwärts in die Richtung zu laufen, in die ich auch zuvor gehen wollte. Es geht ganz leicht und es ist eine unfassbare Entlastung, so einfach, wie es sich jetzt geht. Während ich rückwärtslaufe, fällt mein Blick auf den Weg, den ich bis hierhin zurückgelegt habe. Ich bemerke andere Menschen in diesem Hof, denen es genauso geht wie mir zuvor. Mühsam kämpfen sie sich in ihrem eigenen Pudding vorwärts und ich rufe ihnen zu: Hey, just turn round. It's so easy. Als ich auf der Höhe des alten Hippies bin, lache ich ihn an. Ich bin wirklich sehr, sehr glücklich. Es ist, als hätte ich einen Geheimtrick gelernt, etwas, das mir in Zukunft in all meinen Träumen helfen wird, und ich bin froh darüber. Wir lachen uns an und der Hippie sagt zufrieden: There you go. Das finde ich so klug und doppeldeutig witzig, dass ich darüber sehr lachen muss, bis ich schließlich von meinem eigenen Lachen aufwache.

Ich wache also auf, sehe an die Decke mit einem orangefarbenen Lampenschirm und plötzlich weiß ich, dass ich genau das machen muss: mich umdrehen, mir ansehen, woher ich komme, um voranzukommen. Aber wohin denn voran?, denke ich. Mir ging es ja gut, so wie es war. Bis vorhin ging es mir doch wirklich gut. Ich bin gesund, habe meine Liebsten um mich herum, einen Beruf, den ich liebe, und keine existenziellen Sorgen. Allein diese Entscheidung zu treffen, was ich jetzt mache mit diesen Erinnerungen, den neuen Informationen, all den offenen Fragen, die da plötzlich im Raum stehen, Fragen, die ich hatte, aber nie stellte. Allein diese Entscheidung zu treffen, ist eine Zumutung. Und ich frage mich, was jetzt das Beste für mich ist.

Ich sehe auf die Uhr und habe noch eine halbe Stunde, also beschließe ich, bevor der Kaffee kommt, eine Dusche zu nehmen. Unter der Dusche stelle ich das Wasser wärmer als sonst und stehe nur so da. Meine Hände liegen auf meinem Bauch und ich überlege, wie es hätte werden können, wenn damals alles anders gelaufen wäre. Hätte Mick jetzt Kinder und ich wäre eine liebe Tante, eine Freundin, eine Vertraute für diese Kinder? Ich versuche mir vorzustellen, wie sie aussehen würden. Vielleicht ja sogar ein bisschen wie ich. Aber ich finde ihre Gesichter nicht in meinem Kopf.

Ich schäume meine Haare ein. Es riecht nach Lavendel und ich frage mich, wie Fabis Kinder aussehen, wie er wohnt und wie es gewesen wäre, wenn aus uns ein richtiges, erwachsenes Paar geworden wäre. Wären wir dann immer noch zusammen, wenn ich nicht umgezogen wäre? Vielleicht, wer weiß. Hier auf dem Dorf passieren solche Sachen. Man bleibt zusammen, wenn es keinen Ärger gibt, knutscht mal betrunken mit jemand anderem am Osterfeuer oder auf dem Schützenfest, macht aber meist kein Drama draus. Spätestens Weihnachten ist das vergessen. Da zählt nur die Familie.

Er gefällt mir immer noch, der Fabi, denke ich, als das Wasser über meine Haare rauscht, der Schaum sich zu meinen Füßen sammelt und Schlieren bildet. So etwas hört manchmal auch nicht auf. Es verschiebt sich vielleicht nur in etwas Abstraktes, etwas, das nicht mehr wirklich viel mit einem selbst zu tun hat.

Aber das Gefühl findet man noch, wenn man sich erinnert.

Ich stelle die Dusche ab und greife nach meinem Handtuch, betrachte mich im Spiegel, sehe mir in die Augen und seufze. Ich will das jetzt nicht sein, diese andere, die ich seit heute Nachmittag bin. Die Schuldige am Tod ihres Bruders. Das ertrag ich nicht, sage ich laut und putze mir ausgiebig die Zähne, bis es an der Tür klopft und der Kaffee gebracht wird.

Der Abend ist noch warm. Vereinzelt stehen rosa Wölkchen über dem Haus, als hätte jemand rosa Zuckerwatte aufgeklebt. Fabis Haus ist modern und weiß. Zwei flache, breite Stufen führen zur Eingangstür, die aussieht, als sei sie massiv und schwer. Die Klingel ist grau und darüber hängt ein getöpfertes Namensschild. Der Familienname ist von Blumen umrahmt, die fast in die Buchstaben ranken, wahrscheinlich eine Arbeit der Kinder. Ich reiße die Plastikverpackung der beiden weißen Rosensträuße aus dem Supermarkt auf und füge die Blumen zu einem Strauß zusammen. Dann drücke ich auf die Klingel. Es ertönt Hundegebell, Fabi öffnet und ruft gut gelaunt: Hereinspaziert. In einem Zimmer geradezu höre ich den Hund, der wie verrückt bellt, an der Tür kratzt und winselt. Seitlich kommt eine blonde Frau in Jeans in den Flur und sagt: Hallo, freut mich. Ich bin Heike.

Linda, sage ich, reiche ihr die Blumen und Fabi eine Flasche Wein und sage: Danke für die spontane Einladung.

Sind die schön, sagt sie. Ich sehe, dass sie merkt, dass es die Rosen aus den Eimern vor den Kassen des Supermarkts sind.

Das wäre doch nicht nötig gewesen, ruft sie. Fabian hat erzählt, du bist nur noch bis morgen hier?

Bis morgen oder Sonntag. Das entscheide ich spontan.

Heike nickt und sieht Fabi, der mich anguckt, auffordernd von der Seite an. Alles gut bei dir?, fragt sie etwas forsch. Kannst du mal die Blumen ins Wasser stellen?

Er nimmt die Rosen und verschwindet rechts, vermutlich ist da die Küche. Mir ist ein wenig unwohl. Plötzlich habe ich das Gefühl, ich störe. Ich ziehe meine Strickjacke enger über den Ausschnitt meines Kleides und folge Heike ins Wohnzimmer. Dort begrüße ich den Hund, einen hellen Labrador, der sich vor Freude fast überschlägt und uns auf die Terrasse zum Garten folgt.

Schön habt ihr es, sage ich und Heike lächelt.

Kann ich dir ein Glas Wein anbieten?, fragt sie.

Ich nicke.

Rot oder weiß?

Gern weiß, sage ich, da ist sie schon wieder ins Haus verschwunden. Ich stehe auf der Terrasse und mit mir ein Tisch und vier Stühle, die man zum Liegen nach hinten klappen kann. Sie haben graue Polster. Auch eine Bank im Garten ist grau, ebenso ein kleines Gartenhäuschen. Der Garten besteht vor allem aus Rasen und ein paar Büschen an der Seite. Irgendwie habe ich das Gefühl, in einem anderen Leben zu stehen.

Es ist wie eine Erinnerung oder eine Möglichkeit. Da kommt Fabi mit zwei Gläsern Weißwein auf die Terrasse und sagt: Heike braucht noch ein bisschen, aber wir nehmen schon mal einen Schluck. Er stößt an mein Glas und wir trinken. Dann redet er über den Hausbau und wie lange es gedauert hat. Aber vielleicht muss das ja so sein, sagt er und lacht.

Ich sehe auf seine Zähne und er stößt wieder gegen mein Glas und sagt: Wer hätte das gedacht nach all den Jahren.

Du hast deine Milchzähne verloren, sage ich und er sagt: Ein Glück dann doch.

Heike kommt auf die Terrasse, sie trägt die Blumen in einer blauen Vase. Es sieht hübsch aus, das Weiß mit dem Blau. In der anderen Hand trägt sie einen Teller mit Crackern und runden Scheiben Pumpernickel, die alle kunstvoll belegt sind mit gerollten Schinken- oder Käsescheiben, mit einer Olive oder einem Stück Paprika verziert. Die mit Frischkäse und Salami sind mit halben Gürkchen dekoriert, bemerke ich. Mir wird schummerig. Vielleicht trinke ich zu schnell, überlege ich, und halte mich an der Lehne eines Sitzes fest. In meinen Ohren rauscht es, als habe jemand einen Wasserhahn angestellt. Ich versuche mich normal zu verhalten, merke aber, dass ich erschreckt aussehen muss, und tatsächlich guckt mich Fabi an und fragt: Ist alles in Ordnung?

Ich höre es durch das Rauschen hindurch, als würde es von weit her kommen, als würde er hinter einem Wasserfall stehen und mich ansehen. Ja, sage ich und ich meine, das ist der Moment, in dem ich zusammensacke.

Als ich wieder zu mir komme, liege ich drinnen auf dem Sofa und habe einen kühlen Waschlappen auf der Stirn. Ich höre eine Uhr ticken, öffne die Augen, richte mich auf und sehe mich im Raum um. Heike sitzt auf einem Sessel neben mir und beugt sich zu mir herüber: Alles gut, wir haben eben den Krankenwagen gerufen, es wird alles gut, bleib liegen.

Nein, bitte nicht, sage ich. Bitte, ich will keinen Krankenwagen.

Fabi steht etwas weiter hinten im dunklen Raum und sagt nichts. Er sieht besorgt aus.

Bist du sicher?, fragt Heike, es wäre vielleicht wirklich gut, nachsehen zu lassen, was das war.

Nein, wirklich, beteuere ich, es war nur die Hitze und der Alkohol. Mir ist das so unangenehm, sage ich. Bitte bestellt ihn wieder ab.

Sicher?, fragt Fabi und ich nicke.

Er drückt auf seinem Handy herum und während er auf die Terrasse geht, höre ich ihn sagen: Ja, guten Abend, ich habe gerade angerufen und einen Krankenwagen bestellt, den ...

Jetzt ist er draußen und ich höre ihn nicht mehr richtig. Inzwischen sitze ich auf dem Sofa und habe den Waschlappen in der Hand.

Ich danke dir, es ist mir wirklich sehr peinlich, sage ich wieder und Heike schüttelt den Kopf.

Du, ist alles gut. Es kann einen ja schon mal umhauen. Oder ist da vielleicht etwas Kleines unterwegs?

Was?, sage ich und sehe sie erschrocken an.

Bist du vielleicht schwanger? Ich frage nur, weil mir damals oft das Gleiche passiert ist, kurze Kreislaufzusammenbrüche, genau wie bei dir eben, und dann hieß es plötzlich, ich sei schwanger.

Ach so, nein, sage ich. Nein, sicher nicht.

Willst du mal ein Glas Wasser und eine Cola oder so?

Sehr gern. Ich nicke dankbar. Es ist gut möglich, dass ich heute zu wenig getrunken habe, denke ich, während Heike mir ein Glas bringt, eine Flasche Wasser und eine kleine Flasche Cola dazustellt. Nach dem Wasser und der Cola geht es mir schon besser und wir setzen uns nach draußen.

Fabi zwinkert und sagt: Ich wusste nicht, dass unser Haus so eine umwerfende Wirkung hat, und wir lachen erleichtert, jeder aus verschiedenen Gründen.

Ich bin mir inzwischen sicher, dass es die Hitze war, bekräftige ich noch einmal.

Sie reden über Schwangerschaften und das Kinderkriegen und wie es die Welt verändert, dann stelle ich Fragen über das Dorf und frage nach Tati.

Heike kennt sie nur flüchtig, sagt Fabi, aber ich meine, sie ist nach Sachte gezogen. Es ist nicht weit von hier, vielleicht zwanzig, fünfundzwanzig Kilometer.

Okay, sage ich, schade. Ich hätte sie gern besucht und mit ihr geredet.

Ist doch kein Problem, sagt Fabi.

Ich bin mit dem Zug hier, entgegne ich.

Fabi lacht und sagt: Ihr Großstädter wieder. Und er bietet mir an, mich nach Sachte zu fahren. Ich wehre ab, weil ich Heikes Gesicht sehe, die ihren Arm aufstützt und sich die Hand über den Mund legt.

Ist doch kein Problem, morgen ist Samstag, sagt Fabi. Und wir haben doch nichts vor morgen, oder? Das sagt er zu Heike gewandt und sie sieht ihn hinter ihrer Hand an und schüttelt den Kopf. Sag doch mal, insistiert er und sie antwortet: Nein, haben wir nicht. Aber ich kann hören, dass es ihr nicht gefällt, die Vorstellung dass Fabi mich nach Sachte fährt zu Tati.

Ich beginne, von Karl zu erzählen. Von unseren Werkstätten, er, der Geigenbauer, und ich, die Sattlerin, die Werkstätten, die nebeneinander liegen, und wie wir uns kennenlernten vor drei Jahren. Dass er mich bemerkte, wie ich vor meiner Werkstatt stand, einen Teebecher in der Hand, und einfach in die Gegend starrte, während er, von mir unbemerkt, hinter mich trat und Hallo sagte. Ich reagierte nicht, weil in diesem Moment ein Krankenwagen mit Sirene vorbeifuhr. Es war laut und es tat mir in den Ohren weh, aber Krankenwagen beschäftigen mich immer, weil ich mich frage, wohin sie fahren und zu wem.

Dreh dich doch mal um, hörte ich eine dunkle Cellostimme sagen. Als das Sirenengeheul verebbte und ich mich umdrehte, war da Karl mit seinen blauen Augen, fuhr sich verlegen durch die Haare und lächelte. Ich verliebte mich sofort, sage ich jetzt. Es ging ganz schnell und ich habe dann ganz schnell auch Koffer für Geigen gebaut, sage ich lachend und Fabi und Heike grinsen. Es passte irgendwie mit uns und unseren Leben. Karl hat vier Kinder von zwei Frauen, alle sind schon erwachsen. Es sind tolle Kinder, drei Mädchen und ein Junge, die sich überall verstreut haben. Ab und zu besuchen wir sie, an der See und in den Bergen, in Hamburg und in Köln. Es ist, als hätte er meine Kinder für mich mitbekommen und ich gehöre jetzt auch ein Stückchen zu ihnen.

Heike seufzt und sieht ein wenig entspannter aus: Das klingt wirklich schön, sagt sie mit dem Kinn auf die Hand gestützt.

Ich erzähle von unserer Wohnung und der Dachterrasse. So einen schönen Garten wie ihr haben wir natürlich nicht, sage ich, sehe Heike dabei an und sie versteht.

Ihre Augen über der Hand lächeln: So eine Dachterrasse macht viel weniger Arbeit, das hat auch was für sich, sagt sie.

Als die Flasche Wein leer ist, holt Fabi eine neue und Heike und ich lachen laut über Fabi als Kind, als einem der wenigen Jungen auf meinen Kindergeburtstagen mit dem Ehrenplatz neben mir. Wie gequält er sich beim Stopptanzen in der Ecke versteckte, um später nur ja nicht auf den Geburtstagsfotos entdeckt zu werden.

Heike erzählt, wie sie sich kennengelernt haben. Da waren sie vierzehn und sie kam neu in die Klasse der Realschule. Na ja, und dann saß der da, der Grienkopp, und strahlte mich an. Und alles andere ist Geschichte.

Sie lächelt Fabi an. Die beiden grinsen, und ich sehe, was sie verbindet, all die Jahre, die sie miteinander gegangen sind. Plötzlich bin ich so traurig, dass ich kurz Angst habe, weinen zu müssen. Ich vermisse Karl und würde gern aufbrechen.

Mag noch jemand Salzstangen oder so was?, fragt Heike jetzt.

Ehrlich gesagt muss ich langsam mal gehen, sage ich und stehe auf. Es ist schon halb elf und irgendwie habe ich ja morgen ein volles Programm.

Heike wischt sich die Hände an der Hose ab und sagt: Na klar. An der Tür sagt sie: Es war sehr schön, dich kennengelernt zu haben, und ich merke, dass sie es so meint.

Fabi bringt mich zur Tür, fragt, ob er mich fahren soll, und ich sage: Lieber nicht, du hast getrunken und ich gehe gern noch ein Stück.

Dann nimm aber eine Taschenlampe mit, sagt er, und wir machen für morgen ab, dass er mich um halb elf am Heidehus abholt.

Vor dem Dorf ist der Himmel schwarz und unendlich, die Sterne sehen aus wie verschüttetes Salz auf einer dunklen Tischdecke. Ich gehe einen schmalen Pfad durch die Heide und merke, dass ich mich zu gruseln beginne. Es ist so dunkel, dass ich kaum die Hand vor Augen erkenne. Die Straße mit ihren Laternen ist wie ein Band in der Ferne und ich erahne das Heidehus am Ende des Weges nur. Bei jedem Geräusch leuchte ich mit Fabis Taschenlampe und versuche mich auszulachen. Offenbar bin ich doch viel mehr Städterin, als ich gedacht hätte. Endlich im Heidehus angekommen, muss ich klingeln. Es ist nach elf Uhr, Frau Sander kommt mit einem kleinen blassen Gesicht an die Tür und schließt mir auf. Sie lässt mich eintreten, reicht mir den Schlüssel und ich erkundige mich, bis wann es spätestens Frühstück gibt. Bis zehn Uhr, sagt sie und wünscht mir eine gute Nacht.

Oben kann ich nicht schlafen. Ich liege auf dem Bett, das sauber, aber fremd riecht, checke meine Mails und beantworte Karls Nachrichten. Ein verpasster Anruf und eine Mailboxansage von Philipp: Linda, entschuldige, mein Handy spinnt und hat manchmal keinen Empfang. Ich versuche es einfach noch mal. Na gut, denke ich, lese ein paar Nachrichten und schalte mich dann durch das freitagabendliche Fernsehprogramm.

Als ich aufwache, ist es draußen hell und die Vögel zwitschern laut. Der Fernseher hat sich offenbar von allein abgestellt, die Fernbedienung liegt noch neben mir und das Licht brennt. Im ersten Moment meine ich, dass nichts von dem, was passiert ist, wahr sein kann. Es kann nur ein Traum gewesen sein, überlege ich kurz, aber dann fällt mir ein, was ich geträumt habe. Ich habe die ganze Nacht von Wasser geträumt. Im ersten Traum beobachtete ich, wie ein Tsunami in einem Ententeich anrollte und alles mit sich riss, die Plastikenten, ihre spitzen Entenhäuschen und die Seerosen. Ich stand am Rand des Beckens, sah auf meine Füße, die von Wasser umspült waren, und blieb seltsam teilnahmslos. Ähnlich einer Studienleiterin beobachtete ich das Geschehen ohne innere Beteiligung, dafür mit einem sezierenden Blick. In meinem nächsten Traum befand ich mich auf einem Fischerboot, das in einen Sturm geriet. Die Wellen schlugen meterhoch über Deck und ich sah Mick an der Reling stehen, während ich mich auf einer der Bänke mit Bändern festgebunden hatte, um mit dem Schwanken des Schiffes nicht von einer Seite zur anderen geworfen zu werden. Pass auf, rief ich ihm zu, du gehst noch über Bord. Er drehte sich nicht um, aber ich hörte, wie er sagte: Ich muss gucken, ob genau so viel Wasser aus dem Schiff herausläuft, wie hineingelaufen ist. Dann hob sich der Bug und das Schiff kenterte. Unter Wasser dachte ich kurz, dass es das jetzt ist, unser Ende, dass wir ertrinken werden, während ich an eine Bank angebunden bin. Ich hielt die Luft an und stellte fest, dass es unter Wasser gar nicht so schrecklich war, wie man sich das Ertrinken landläufig vorstellte. Es war weich und gedämpft, die Bewegungen anmutig wie im Tanz, und es gelang mir, mich zu befreien. Als ich die Wasseroberfläche erreichte, war es totenstill um mich herum. Ich rief nach Mick, immer und immer wieder, ich tauchte und suchte ihn, aber ich hatte ihn verloren.

Unter der Dusche versuche ich mir die Traumreste abzuwaschen und frage mich, was Karl macht, ob er noch schläft oder schon in der Werkstatt ist. Ich frage mich, ob er mich vermisst. Ich würde es mir wünschen.

Im Frühstücksraum ist es verhältnismäßig voll. Paare, zumeist fortgeschrittenen Alters, drängen sich um das Büfett. Ich stelle mich mit einem Orangensaft in der Schlange für den Kaffee an. Bis ich an der Reihe bin, habe ich das kleine Glas Saft bereits ausgetrunken. Ein Mann ruft: Irma, Irma!, und zeigt gebieterisch auf das Tablett mit frischen Croissants, das gerade zum Büfett getragen wird. Irma steht auf und macht sich auf den Weg. Als ich meine volle Tasse auf der Untertasse balanciere, sehe ich, dass sie sich einen Berg Croissants auf einen Teller geladen hat. Ich suche mir einen Tisch am Fenster. Draußen ist das Licht milchig, als würde es heute besonders heiß werden. Eine Heide-Wandergruppe mit Stöcken sammelt sich vor der Tür. Sie sehen aufgeräumt aus, frisch geduscht und gekämmt, Trinkflaschen baumeln an ihren Rucksäcken. Manche tragen karierte Hemden und wadenfreie Hosen. Am Nebentisch sagt ein Mann mit Blick in die Regionalzeitung: Heute Nachmittag soll es ein schweres Gewitter geben. Da müssen wir wieder zurück sein. Sein Blick streift mich. Ich trinke aus, stehe auf und hole mir einen Teller und eine Schale. Ich nehme mir Obstsalat und etwas Joghurt, ein Croissant und Butter, etwas Marmelade und trage alles zum Tisch. Dann stelle ich mich wieder in die Kaffeeschlange.

Eine alte Dame fragt: Sagen Sie, schmeckt der Kaffee hier denn? Sie zieht die Nase kraus, dessen angenommene Widerlichkeit vorwegnehmend. Die Falten reichen ihr von den Augen über die Nase.

Ich nicke und sage: Ich fand ihn gut.

Sie bedankt sich. Manchmal weiß man ja nicht, ob es sich lohnt zu warten, sagt sie noch, dann geht sie an das Ende der Schlange und reiht sich in die Wartenden hinter mir ein. Als ich mit meiner Tasse an ihr vorbeigehe, lächeln wir uns an.

Während ich Butter und Marmelade auf das noch leicht warme Croissant streiche, sehe ich Mutters Lächeln gestern in der Tür vor mir. Ich kam an und erschrak, weil mich die Ähnlichkeit zu Mick jedes Mal wieder umhaut. Obwohl ich ja weiß, dass ich ebenso aussehe wie die beiden, habe ich doch immer nur Mick vor Augen, wenn ich Mutter ansehe. Das gleiche Lächeln, die Zahnlücke, die helle Haut und die dunklen Augen, die wie schwarze Knöpfe glänzen. Die Art, wie sie den Kopf bewegt oder aufstützt, tut jedes Mal wieder weh, so frappierend ähnlich sind sie sich. Es war schon immer so, dass ich die beiden von außen betrachtete, und obwohl ich wusste, dass Mick und ich uns ähnlich sahen, war es immer, als würde ich nur entfernt dazugehören, wie eine weitläufige Cousine oder Großcousine, bei der eine Familienähnlichkeit vorhanden war, die aber nicht zum inneren Kreis gehörte. Mutter und Mick waren durch ein unsichtbares Band verbunden. Manchmal konnte man es zwischen den beiden sehen, dieses Band. Es wurde in einem Blick sichtbar, den sie austauschten, einem Lächeln oder der Art, wie sie beide in ihr Brot bissen. Zuerst berührten die Lippen das Brot fast zärtlich, bevor sie hineinbissen und es mit festem, zugepresstem Mund kauten.

Es gab ein Geflecht in unserer Familie, denke ich, schiebe meinen Teller zurück und beobachte die nun aufbrechende Wandergruppe. Sie finden sich in Zweierreihen zusammen, einige rufen sich Scherzhaftes zu. Man kann es sehen, an ihren lachenden, erwartungsfreudigen Gesichtern. Sie sehen einem schönen Tag entgegen. Bei mir ist das nicht so sicher.

Ich sende Karl eine Nachricht und schreibe: Ich fahre heute eine alte Freundin besuchen und dann noch mal zu meiner Mutter. Ich versuche heute Abend wiederzukommen, es soll hier ein Gewitter geben.

Ich kann es kaum erwarten, schreibt er sofort. Es ist hier zu leer ohne dich. Ich kann mich auf nichts konzentrieren.

Ich sende ihm ein Herz und spüre ein warmes Gefühl im Bauch. Es tut mir gut.

Eine Nachricht poppt in meinem Display auf. Guten Morgen, Linda, geht es auch schon um zehn? Ich muss heute Nachmittag noch mal in die Werkstatt. Fabian

Ich sehe auf die Uhr. Es ist halb zehn und ich schreibe: Ich kann ab sofort. Sag einfach, wenn du da bist, dann komme ich raus.

Ich stehe auf und stelle mein Geschirr auf einen Wagen neben dem Eingang. Bevor ich gehe, sehe ich mich noch mal nach der alten Dame um, aber ich kann sie nirgends entdecken.

Fabis Auto riecht nach Hund, sieht aber sonst aus wie neu, so sauber ist es. Selbst die Matte im Fußraum sieht aus, als wäre sie nie benutzt worden. Wieder fühle ich mich wie ein Eindringling, als würde ich nicht hierhergehören. Während Fabi von gestern Abend spricht, sehe ich auf seine Hände am Lenkrad. Es sind fremde Hände. Ich erinnere mich nicht, wie sie damals aussahen. Er hat breite Hände mit langen Fingern. Die Haut auf dem Handrücken sieht weich aus, ungewöhnlich weich für einen Automechaniker. Meine Hände dagegen sind rau von der Arbeit. In meiner Tasche krame ich nach einer Handcreme und massiere meine Finger. Fabi ist jetzt ebenfalls still. Schweigend fahren wir unter Bäumen hindurch, die sich wie ein rundes Dach über der Straße berühren. Links und rechts liegen Felder, unterbrochen von Wald, der das Licht zwischen den Stämmen nur spaltweise zu uns durchlässt. Ich lasse das Fenster ein wenig herunter. Der Wind rauscht und manchmal trägt er Vogelgezwitscher zu uns herüber.

Möchtest du Musik hören?, fragt Fabi.

Ich glaube nicht, nein, sage ich.

Dann schweigen wir wieder. Es ist vertraut, unser Schweigen. So, als würden wir das öfter miteinander tun. Ich denke daran, wie wir als Kinder waren. Wie es sich anfühlte, seine Hand zu halten. Es gab eine Seilbahn auf einem der Spielplätze, die ganz neu war und die wir immer zusammen erklommen. Er unten und ich auf seinem Schoß. Einmal haben wir uns da auch geküsst. Sein Mund war feucht und kühl vom Schnee, den wir vorher gegessen hatten, und seine Lippen pressten sich fest auf meine. Wir hielten die Augen geschlossen. Der kalte Wind rauschte in meinen Ohren wie das Geräusch der Seilbahn. Als wir ankamen, öffneten wir die Augen und stiegen ab. Wir blieben seltsam schüchtern, sahen uns nicht an, sprachen nicht. Bis mich ein Schneeball traf und ich ihm diesen heimzahlen musste.

Es kommt mir jetzt vor, als wären wir ein sehr altes Paar. Als könnte man nicht zurückdenken, ohne auch den anderen mitzudenken. Als sei alles miteinander verknüpft, und selbst, wenn man es nicht mehr derart eng haben wollte, hatten sich die Knoten so festgezogen, dass man sie nur noch aufschneiden konnte, um sie zu lösen. Ähnlich, wie es mit Philipp war. Und jetzt mit Karl. Oder wie die Nester in meinem Haar früher, von denen ich Mutter weismachen wollte, dass ich so lange still im Garten gestanden hätte, dass die Vögel angefangen hätten, Nester in meinem Haar zu bauen. Sie hantierte mit der Schere und sagte: Kind du hast eine blühende Fantasie. Es klang, als wäre es nichts Gutes.

Es ist schon komisch, sage ich und sehe Fabi an. Als hätten sich dreißig Jahre zwischen uns in Luft aufgelöst. Es ist, als hätten wir immer Kontakt miteinander gehalten.

Haben wir vielleicht irgendwie, sagt er und lässt seinen Blick auf der Landstraße, die von der Motorhaube eingesaugt wird.

Am Ortseingang von Sachte sieht Fabi auf sein Navi, das zwischen uns am Armaturenbrett klemmt.

Es müsste hier gleich rechts sein, sagt er dann und bleibt vor einem Bungalow stehen. Genau das müsste es sein.

Ich löse den Gurt und lege die Hand an den Türöffner. Fabi bleibt bewegungslos und ich frage: Kommst du nicht mit?

Ich weiß nicht, sagt er, mir kommt das etwas komisch vor. Meinst du nicht?

Ich zucke mit den Schultern.

Geh doch du erst mal rein und wenn du in fünf Minuten nicht wieder raus bist, fahre ich einen Tee trinken und komme in einer Stunde wieder und klingele, gut? Ansonsten rufst du mich an.

Bist du sicher, frage ich, ich dachte, du wolltest sie auch mal wieder sehen.

Ja, nickt er und grinst, das kann ich auch noch, wenn ich dich abhole.

Wie du meinst. Ich steige aus und beuge mich noch mal ins Auto. Aber nicht, dass du dich nur als Fahrer benutzt fühlst.

Du darfst mich immer als Fahrer benutzen, sagt er. Während ich auf das Haus zugehe, überlege ich, ob er mit mir flirtet.

Auf mein Klingeln reagiert niemand, und nachdem ich eine Weile warte und überlege, was ich sagen soll, drehe ich mich schließlich um, zucke die Achseln in Richtung Fabis Auto und zeige auf den Seitenweg am Haus vorbei in den Garten. Durch die Spiegelung der Scheibe kann ich Fabis Reaktion nicht erkennen. Hinter dem Haus ist der Garten groß und ein bisschen verwildert. Kleine wilde Blumen wuchern und ranken sich an einem Zaun, abgewechselt von ein paar Rosenbüschen. Weiter hinten steht ein alter

Apfelbaum. Ein Tisch und ein paar Stühle sind unter einem orangefarbenen Sonnenschirm in der Mitte des Gartens angeordnet. Jetzt bemerke ich im rechten hinteren Teil eine gebückte Gestalt.

Hallo, entschuldigen Sie, rufe ich.

Eine Frau richtet sich auf, sieht zu mir herüber und hält eine flache Hand über ihre Augen.

Entschuldigen Sie, rufe ich noch mal, ich bin auf der Suche nach Tatjana Böthig, können Sie mir da helfen?

Die Frau kommt näher und nimmt die Hand nicht herunter. Sie ist hellblond und etwas rundlich, trägt Jeans und ein leuchtend grünes T-Shirt. Ihre Arme sind erdig schwarz und sie trägt rote Gartenhandschuhe. Als sie vielleicht zwei Meter vor mir stehen bleibt, sagt sie: Das gibt es doch nicht.

Tati?, frage ich.

Sie starrt mich an und sagt: Linda. Ich fass es nicht.

Dann kommt sie und umarmt mich. Wir stehen einfach so da und umarmen uns.

Linda, sagt sie.

Ich kann gar nichts sagen, weil ich ein bisschen mit den Tränen kämpfe.

Linda, sagt sie noch mal, löst sich und hält mich eine Armlänge von sich weg. Ich hab dich sofort erkannt.

Sie hat immer noch mittellange, sehr feine blonde Haare. Ihre Augen sind graublau und sie trägt eine Brille mit einem grauen Rand. Jetzt wischt sie sich eine Träne darunter weg und lächelt.

Ich dich auch, sage ich gerührt.

Dabei bin ich jetzt so ungefähr das Dreifache von mir damals, lacht sie. Ich erkenne ihre Augen und ihren Mund, fällt mir auf. Und auch sonst ist alles wie damals.

Wie schön, sage ich.

Bist du allein?, fragt sie jetzt.

Also stell dir vor, Fabi ist mit mir hier, aber er muss noch etwas besorgen und kommt in einer Stunde nach.

Fabi?, fragt sie ungläubig und dann sagt sie: Das gibt's doch alles gar nicht, ich glaub ja schon, ich träume, und zieht sich die Handschuhe aus.

Komm, setz dich, ich bring ein Wasser, oder willst du Kaffee oder Tee? Oder alles? Sie lacht.

Also gern Kaffee, nicke ich.

Na, dann komm mal mit, das dauert ein bisschen.

Wir betreten das Haus über eine Fensterschiebetür und durchqueren ein weiß gekacheltes Wohnzimmer. Auf dem Weg dreht sich Tati immer mal zu mir um und lächelt, als wolle sie sich überzeugen, dass ich noch da bin. Ein großer runder Teppich liegt links im Raum, darauf ein Schaukelstuhl und ein etwas abgerocktes rotes Sofa vor einem riesigen Fernseher an der Wand, ein großer Schrank aus rotbraunem Holz mit Geschirr an der gegenüberliegenden Wand, an die die offene Küche angrenzt.

Das gibt es echt nicht, sagt Tati jetzt, ich muss mich eigentlich mal kneifen, ob ich träume.

Ich lache. Es ist einunddreißig Jahre her, sage ich. Das heißt, stimmt nicht, ich habe dich noch mal besucht nach ein paar Jahren.

Wo du Trottel mit deinen neuen Schuhen in den Kuhfladen reingelatscht bist, ergänzt sie.

Wir kichern beide.

Tati schaltet eine Espressomaschine ein, füllt einen Siebträger mit Kaffeepulver, drückt das Pulver fest und hängt ihn ein, dann stellt sie zwei Becher darunter und sagt: Ich bin so von den Socken, ich muss erst mal zu mir kommen. Magst du auch ein Stück Kuchen? Hat meine Tochter gestern gebacken und es ist noch was da.

Du hast eine Tochter?, sage ich.

Ich hab zwei Jungs und eine Tochter. Wie die Orgelpfeifen. Fünfzehn, sechzehn, siebzehn. Die Tochter ist die Vernünftigste, dabei ist sie die Lütte, lacht sie. Überhaupt sind meine aber so was von vernünftig. Sie schlägt sich in gespieltem Entsetzen eine Hand vor den Mund. Wenn ich da an uns denke –

Ich lache und sage: Weißt du, dass ich in der letzten Zeit ganz viel an uns früher denke?

Sie nickt. Ich erzähle ihnen, seit sie sieben sind, immer die alten Geschichten, damit sie so etwas auf keinen Fall nachahmen. Die können inzwischen alles mitsprechen.

Die Espressomaschine brummt. Tati dreht sich um und fragt: Und deine?

Ich zucke mit den Achseln und es gelingt mir zu lächeln. Ich habe keine.

Ist nicht wahr, sagt Tati und macht große Augen.

Wir wollten, sage ich, lehne mich an den Tresen und verschränke die Arme. Haben alles probiert. Bis sich herausstellte, dass ich keine Kinder bekommen kann.

Oh nee, ne, sagt Tati und stützt sich mit einer Hand am Tresen auf.

Doch, sage ich. Eine Sache mit den Eileitern. Da war nicht viel zu machen. Künstliche Befruchtung eventuell, aber wir waren so fertig, und bevor wir ernsthaft darüber nachgedacht haben, waren wir mitten in der Trennung.

Scheiße, sagt Tati und es klingt genau wie früher.

Ich nicke. Es ist okay jetzt. Das war es aber lange nicht. Er ist seit Kurzem verheiratet und, na ja, ich habe auch wieder jemanden kennengelernt. Karl heißt er. Er hat gleich vier Kinder, drei Mädchen und einen Jungen, aber alle sind schon aus dem Nest geflogen. Ist gut, wie es ist, weißt du?

Tati nickt.

Ich lache auf: Soweit etwa die Kurzfassung meines Lebens.

Tati grinst, macht dann eine Kopfbewegung und sagt: Und das ist eben die Hauptsache, wie es dann am Ende ist, das ja immer nie ein Ende ist, ne?

Ich nicke.

Und bei dir?

Sie antwortet nicht, nimmt die beiden Becher, stellt Milch und Zucker auf ein Tablett, dazu zwei Teller mit Kuchen, und balanciert alles durch das Wohnzimmer. Ich folge ihr. Draußen stellt sie das Tablett auf den Tisch, sieht hoch und sagt: Ja, wie es so ist, ne? Meiner hat mich für eine Jüngere verlassen vor ein paar Jahren.

Ich ziehe ein Gesicht.

Ja, so abgedroschen es ist, es passiert eben. Auf und davon war er. Irgendeine Tussi aus dem Internet. Und ich saß hier mit den Kindern. Da waren die alle noch acht bis zehn. Na ja, und dann hab ich gedacht, jetzt mach ich auch mal meins. Hab mich zum Tanzen angemeldet und erst mal Spaß gehabt.

Sie spricht Spaß mit kurzem Vokal, sodass es hinten klingt wie nass.

Und dann hab ich Corinna kennengelernt. Ich musste meine Versicherung ändern, na ja, und da war sie. Gesehen, sich super unterhalten und plötzlich treff ich diese Frau überall wieder. Überall in der Stadt. Immer zufällig. Irgendwann meinte sie: Wenn wir uns sowieso immer treffen, können wir das doch mal planen. Dann waren wir spazieren, im Kino, du weißt schon. So Freundinnenkram, bis sie mir mal erzählte, dass sie auf Frauen steht. Da war ich mal kurz verwirrt, weil ich keine Ahnung davon hatte, und dann hab ich nach ein paar Tagen gemerkt, dass ich schon längst in sie verknallt war. Ja, also, Tati grinst, und dann ist sie auch schon bald eingezogen. Die ganze Bande ist im Moment in der Stadt auf dem Markt.

Ich gucke sie an und lache: Da hast du mal deine Ruhe und dann komme ich.

Ja, sagt sie. Besser geht es nicht.

Ich lächle sie über meinen Becher hinweg dankbar an.

Dass du mal mit einer Frau lebst, überrascht mich irgendwie und dann wieder gar nicht, sage ich und sie zuckt mit den Schultern und sagt: Ich hab mich irgendwie in den Menschen verliebt. Da war dann alles klar, weißt du? Das ist wirklich meine Traumfrau.

Ich nicke.

Und was machst du beruflich?, frage ich.

Altenpflege. Ich bin in einem kleinen Heim für Demenzkranke, da erlebt man was, kann ich dir sagen. Sie lacht mit einer dunklen, ein bisschen dreckigen Lache. Nee, nee, winkt sie dann ab, die sind wirklich ganz lieb da, aber ist oft kein Zuckerschlecken, und ich hab es im Kreuz. Irgendwann kann ich den Job vielleicht nicht mehr machen. Dann mal sehen. Und du?

Ich mache solche Taschen, sage ich und halte meine hoch.

Wow, das hätte ich ja jetzt echt nicht gedacht. Damals im Werkunterricht warst du richtig mies. Weißt du noch, diesen Gürtel, den wir verzieren mussten? Dein Muster sah aus, als wäre ein Besoffener über frischen Straßenteer getappt. Lauter Fußspuren.

Ich muss lachen.

Aber hast dich zum Glück verbessert, sagt sie, schaut sich alles an und sieht hinein, fühlt das Leder und sagt dann: Na, da guck ich doch mal, ob ich mir eine bei dir bestelle.

Ich schenke dir eine.

Nee, nee, so fangen wir das mal gar nicht an. Ich will eine kaufen. Sie fährt sich mit der Zunge über die Lippen. Ich hab immer gedacht, du hast studiert und Sprachen gelernt, bist schon überall gewesen und bist jetzt im Ausland, irgendwo in Honolulu. Sie lacht.

Ich hatte angefangen zu studieren, sage ich. Es gab in Berlin einen eigenen Studiengang für Übersetzung. Die Taschen habe ich nebenher gemacht. Nur für mich und Menschen, die ich mochte. Irgendwann nahm das aber immer mehr Zeit in Anspruch und da habe ich gedacht, dass das vielleicht Quatsch ist mit dem Studium. Dass ich es gar nicht brauche. Ich bin dann in die Lehre gegangen und habe meinen Meister als Sattlerin gemacht.

Meine Meisterin, sagt Tati und deutet eine Verneigung an.

Es ist genau wie früher, denke ich. Nur die Themen haben sich verändert.

Aber sag mal, was machst du plötzlich hier nach all den Jahren? Warum bist du gerade jetzt hier?, fragt sie dann und reicht mir meinen Kuchenteller.

Ich war bei meiner Mutter. Dann war ich am Bahndamm. Zum ersten Mal seit dem Abend damals. Ich wollte noch zum Friedhof, aber das habe ich irgendwie nicht hingekriegt. Ich zögere und sage dann: Ich stecke irgendwie zurzeit in den alten Geschichten.

Tati schiebt sich ihre Gabel in den Mund und sagt nichts.

Ich –. Ich stocke und überlege. Soll ich das jetzt wirklich erzählen? Ich habe diese Frau dreißig Jahre nicht gesehen. Ist das nicht schräg, hier nach dreißig Jahren aufzutauchen und dann mit der Tür ins Haus zu fallen? Aber wieso bist du denn sonst hier?, höre ich mich in Gedanken sagen, und ich antworte mir: Na, doch auch einfach so. Ich beschließe, noch ein bisschen zu warten, und dann sage ich laut: Ich denke viel an früher. Ich habe zum Beispiel an dich und an Fabi gedacht und an Nina. Weißt du zufällig irgendwas von Nina? Ich habe euch alle immer mal wieder im Netz gesucht, aber du und Nina, ihr wart so gar nicht zu finden und Fabi nur mit einem winzigen Eintrag über seine Werkstatt.

Tati nickt und kaut. Dann nimmt sie einen Schluck aus ihrem Becher und sagt: Also Fabi hab ich ja manchmal gesehen. Wenn was mit dem Wagen ist, war ich immer noch bei ihm und Corinna jetzt natürlich auch. So einer Werkstatt bleibt man ja irgendwie treu. Ist wie mit dem Zahnarzt, sagt sie. Und Nina, du, die ist ja schnell hier weg gewesen und hat studiert. Irgendwer meinte mal, sie hat geheiratet und ist Richterin geworden.

Nein, sage ich, Richterin. Das ist ja irre. Aber das passt auch irgendwie zu ihr.

Fand ich damals auch gleich. Ich glaub, sie hat auch Kinder, aber wo sie jetzt lebt, das weiß ich nicht. Es passiert auch immer zu viel. Erinnerst du dich noch an Martina?

Ich nicke und ziehe ein Gesicht.

Die war irgendwie lange im Sport. Volleyball. Aber frag mich nicht. Manchmal hat man was in der Zeitung gesehen und ich hab schnell weitergeblättert. Tati lacht, und die Lache ist wirklich einfach noch die gleiche wie früher. Ein bisschen heiser und ein bisschen dreckig, so wie ich es gern höre.

Und weißt du vielleicht was über Andy?, frage ich. Wir hatten selten Kontakt, aber er hat uns sogar mal in Berlin besucht. Nur haben wir uns dann wieder aus den Augen verloren.

Tati schüttelt langsam den Kopf: Hat er nicht Medizin studiert? Ich meine, ja. Aber mehr weiß ich auch nicht.

Ich muss mal nach ihm suchen, sage ich nachdenklich, vielleicht finde ich ja was raus. Komisch, ich bin noch nie so richtig auf die Idee gekommen, nach ihm zu gucken.

Tati sagt: Na ja. Mehr nicht. Sie wischt sich ein paar Krümel von der Jeans und fragt dann: Aber sag mal, deine Mutter? Wie geht es ihr denn? Ich habe vor Jahren mal eine Traueranzeige für deinen Vater in der Zeitung gesehen. Mein herzliches Beileid übrigens.

Danke dir, sage ich. Er war schon lange krank und es war zum Schluss eine Erlösung von den schrecklichen Schmerzen. Und Mutter, ja, na ja. Ich glaub eigentlich, sie ist einsam hier ohne Vater.

Du erinnerst dich doch noch an den Heinz von damals, der uns mal heimgebracht hat, oder?

Ich nicke.

Na ja, den hat meine Mutter ja geheiratet, ne?

Ich nicke wieder.

Und die waren bis letztes Jahr komplett glücklich, sagt Tati und hält ihre Gabel nachdenklich in die Höhe. Und dann ist meine Mutter einfach umgefallen. Das Herz.

Oh, nein, sage ich, das tut mir leid, es ist ja noch gar nicht lange her.

Schon okay. Weißt ja, wir waren nie so wirklich dicke miteinander. Aber der Heinz, dem geht es auch so wie deiner Mutter. Der ist völlig hilflos, ne. Ich schicke immer die Kinder mal hin und lade ihn zu uns ein, aber man merkt, dem fehlt die Mutti. Und er ist ja auch nicht mehr der Jüngste. Also meine Mutti, setzt sie nach und kichert wieder. Ich lache auch und sage: Hab's schon verstanden.

Na, und mein Vadder, der hat sich schon vor Jahren tot gesoffen, sagt sie dann und sieht auf ihren Teller.

Ich sage nichts. Ich weiß auch nicht, weshalb. Es ist vielleicht ihr Gesicht, das mich schweigen lässt. Plötzlich sehe ich die kleine Tati vor mir. Es dauert nur wenige Sekunden und dann guckt sie mich an und fragt: Bist du eigentlich hier, weil du mich was fragen willst wegen damals?

Ich starre sie an. Ohne, dass es mir Angst macht, schiebt sich der Tisch zwischen uns in die Breite, sodass sie langsam kleiner wird. Als würde ich auf einem Laufband nach hinten geschoben werden. Es ist wie damals, wenn ich mit den Eltern essen war, nur spüre ich diesmal die Panik dabei nicht.

Ich verstehe nicht. Was meinst du denn?, frage ich.

Sie sieht auf ihren Teller und sagt: Tut mir leid. Das kam mir nur so in den Kopf.

Ich starre sie an und frage: Sag, was meinst du?

Linda, sagt sie und sieht mich an, das weißt du doch!

Ich sehe sie bloß an und sie sagt: Na komm schon, wegen Mick oder so.

Ich drücke meinen Zeigefinger ganz fest gegen den Daumen. Ich weiß nicht, was du meinst, sage ich dann und lasse sie nicht aus den Augen.

Tati sieht mich so erstaunt an, als ob sie an meinem Geisteszustand zweifelt.

Ist ja auch egal, findet sie dann.

Ich schüttele den Kopf.

Sag doch, was du meinst.

Komm, lass gut sein. Und deine Mutter, wie hat sie das damals verkraftet mit Mick?

Die Frage schiebt sie schnell nach, so, als wolle sie keine schlechte Stimmung zwischen uns aufkommen lassen. Ich bin immer noch weit weg und in meinen Ohren beginnt es wieder zu rauschen, aber etwa so, als wäre ich weiter vom Wasserfall entfernt als gestern Abend.

Direkt danach war es schlimm. Sie sind immer wieder hergekommen ins Haus. Das haben sie ja behalten. Um wiederzukommen.

Es rauscht wirklich stark in den Ohren, finde ich.

Tati sieht mich an: Darf ich was sagen wegen damals?

Ich nicke und sehe sie mit großen Augen an.

Ich habe mich immer wieder mal gefragt, ob Mick vor dem Unfall in unserer Hütte war. Und wenn ja, wieso. Hinter der Bahntrasse war doch unser Geheimversteck. Ich wollte das immer fragen, aber vor eurem Umzug war alles noch so frisch, da habe ich mich nie getraut, die Frage zu stellen. Wir waren dort ja noch mal zusammen, das war kurz nach dem Unfall. Weißt du das noch?

Ich nicke. Da ist er wieder, der brennende Klumpen unter meinem Hals. Er kommt immer mal wieder. Manchmal kann man ihn wegschlucken, ihn wegweinen oder herunterschlucken mit viel Wasser, oder aber er bleibt für Tage wie ein Feuerball zwischen meinen Brüsten. In der Nacht drückt er dann so auf mein Herz, dass ich davon aufwache. Ich presse die Lippen aufeinander. Dann öffne ich sie und frage Tati: Bist du nach meinem Umzug da noch oft gewesen?

Ja. Ein paar Mal, aber es war nicht mehr dasselbe ohne dich. Ich habe irgendwann alles rausgeholt, in die Kiste gepackt und bin nie wieder hin. Es war dann auch irgendwie gruselig da, weißt du?

Ich nicke.

Aber es fehlten ein paar Sachen.

Ich stutze: Was denn?

Na ja, die Unterhemden von deinem Vater und dein kleines Kästchen. Weißt du noch? Meins war noch da.

Ich muss husten und mir wird irgendwie schlecht. Nein, stelle ich fest, das wusste ich nicht mehr.

Gerade fällt es mir wieder ein. Wir hatten unsere Geheimkästchen in die Hütte mitgebracht, Tati und ich. Unsere geheimen Kästchen, die uns zu Hause nicht sicher genug erschienen. Mir nicht wegen meiner Brüder, die ihre Nasen immer in meine Angelegenheiten steckten, und Tati nicht wegen ihres Vaters. Ich sehe das Kästchen jetzt vor mir. Es war rot, aus glattem Holz, das ganz weich war, wenn man darüberstrich, und es war etwa so groß wie ein kleines Schulheft.

Willst du ein Wasser?, fragt Tati. Ich meine, wegen des Hustens. Ich hab vorhin vergessen, es mitzubringen.

Es geht schon, antworte ich und trinke noch einen Schluck Kaffee. Der Kuchen ist übrigens sehr gut, sage ich und breche mir noch etwas von meinem Stück ab.

Sie lächelt: Das wird die kleine Hummel freuen.

Ich hatte das wirklich vergessen, das mit unseren Kästchen, sage ich.

Na ja, es ist ja auch eine Menge passiert, der Unfall, der Umzug. Kein Wunder.

Jetzt gibt es eine Pause zwischen uns. Und dann sage ich es einfach: Ich habe mich gestern an etwas erinnert, Tati. Der Unfall war meine Schuld.

Ich sehe Tati an und weiß nicht genau, was ich erwarte, vielleicht Überraschung und Entsetzen, Erstaunen zumindest, aber jedenfalls nicht das. Tati nickt nämlich einfach nur und sagt: Dachte ich es mir doch, dass es einen Auslöser gab.

Einen Auslöser?, frage ich langsam.

Na ja, also meist passiert so ein Besuch nach langen Jahren ja nicht einfach so, was ich vorhin meinte, weißt du?

Ich reagiere nicht darauf, sondern sage, ohne sie dabei anzuschauen: Meine Mutter wusste das von mir, ich erzählte es ihr damals, aber sie hat nicht reagiert, und ich kann mich inzwischen nicht mehr erinnern, was ich ihr erzählte. Angeblich konnten sich meine Eltern damals nicht erklären, wieso Mick dort war.

Tati setzt ihren Teller ab und sagt: Und du?

Ich habe das Gefühl, dass ich weinen muss oder brechen oder irgendwas. Der Feuerball ist groß und er brennt so, dass mir die Tränen kommen.

Und ich? Was meinst du?, stoße ich hervor. Komischerweise weine ich jetzt anders als gestern. Es ist nicht still und leise, sondern mittlerweile heule und schluchze ich hemmungslos, bis mir der Schnodder kommt und ich in meiner Tasche nach einem Taschentuch krame. Ich schnäuze mich und dann rufe ich schluchzend: Tut mir leid, tut mir leid, aber weißt du, jetzt ist es natürlich auch kein Wunder mehr, dass ich mir all die Jahre diese Vorwürfe gemacht habe, ohne zu wissen, weshalb. Dieses scheißdunkle Loch immer wieder. Ich weiß jetzt plötzlich wieder, wieso. Dass es meine Schuld ist, nur noch nicht, weshalb genau. Das ist doch verrückt. Wie kann man so etwas vergessen?

Meine Stimme überschlägt sich fast in einem der Schluchzer. Tati nimmt mich in den Arm. Sie drückt mich einfach nur fest, und ich heule weiter und schluchze und sage: Ist schon gut. Ich sage es immer wieder. Es ist mir irgendwie unangenehm, dass sie mich umarmt.

Nix ist gut, sagt Tati und hockt sich neben meinen Stuhl.

Ich putze mir noch mal die Nase und sage dann: Doch, eigentlich ist ja alles gut. Ehrlich. Also mir geht es doch wirklich gut. Weißt du, was ich meine?

Tati guckt zweifelnd und sagt: Hm, also im Moment finde ich dich nicht besonders überzeugend, wenn du das sagst.

Ich lache unter Tränen.

Ich meine doch so generell im Leben. Ich bin gesund, hab meinen Beruf mit den Tagen in meiner Werkstatt, dafür bin ich wirklich dankbar. Ich habe Karl und meine Freunde, es geht mir gut, verstehst du?

Tati nickt.

Offenbar habe ich jahrelang alles so verdrängt, dass ich mich jetzt erst an etwas zu erinnern beginne, vorher einfach nichts mehr davon wusste oder wissen wollte, und die Frage ist doch: War das nicht vielleicht mein Glück? Verstehst du, bis auf den Unfall von Mick hatte ich immer das Gefühl, dass ich eine sehr glückliche Kindheit hatte. Frei und wild und selbstbestimmt, voller Abenteuer und guter Freunde.

Ich lächle Tati scheel an und sie lächelt zurück und drückt meine Hand. Sie nickt langsam.

So und dann denkt man seit gestern, wieso musste uns das passieren? Wieso Mick? Ausgerechnet ihm? Das kann nicht sein, und dann denkt man, warum auch immer, es ist eben passiert. Es ist, wie es ist, und dann überlegt man mal ein paar Sachen und lässt sie zu. Und da beginnen alle möglichen Fragen auf einen niederzuprasseln, was da damals genau war, und damit beginnt man, auch die Gegenwart infrage zu stellen. Aber was macht das mit mir in der Zukunft? Und verdammt noch mal, warum hat nie einer von uns darüber geredet? Ich meine, wie wäre ich denn geworden, wenn wir geredet hätten, ich mich an das alles hätte erinnern können, was damals passiert ist? Wäre ich dann jetzt ein anderer Mensch? Was wäre gewesen? Und, wenn man darüber mal ernsthaft nachdenkt, war es daher nicht vielleicht sogar gut, also irgendwie gesund, dass ich bis gestern keine Ahnung hatte? Verstehst du?

Wieder nickt Tati und sagt: Man kann nie wissen, wie es anders gekommen wäre.

Ich nehme ein neues Taschentuch, schnäuze und sage: Aber was, wenn ich jetzt anfange, mich zu erinnern, und dann in Zukunft nicht mehr klarkomme? Was ist, wenn ich jetzt im Nachhinein alles infrage stelle, weil ich mich erinnere? Was passiert denn dann jetzt mit mir und was in der Zukunft? Was passiert, wenn sich die eigene Geschichte plötzlich so ändert? Es gab ja vielleicht einen guten Grund, dass ich mich nicht erinnern konnte, Tati, sage ich düster.

Tati kratzt sich am Kopf und sagt: Das kann wirklich niemand wissen und auch niemand anderes entscheiden als du, würde ich sagen. Guck es dir doch erst mal an. Wir waren doch noch Kinder.

Ich nicke: Deshalb. Vielleicht will ich das ja auch nicht. Vielleicht will ich mich nicht genau daran erinnern. Vielleicht will ich es nicht so genau wissen bis ins kleinste Detail, was damals passiert ist. Vielleicht will ich es einfach so lassen und es auch gut sein lassen. Aber darf ich das denn? Oder kommt es damit irgendwann doppelt so schlimm zurück? Muss ich das jetzt alles aufarbeiten und vor allem mich so erinnern, dass ich weiß, was Mick dazu bewogen hat, an dem Abend zu den Gleisen zu gehen?

Tati zuckt mit den Achseln: Das musst du für dich spüren, wann du beginnen sollst oder bis wann du fertig sein musst. Was weißt du denn eigentlich überhaupt noch?

Ich erinnere mich seit gestern an das, was ich an dem Abend im Wald an den Gleisen sah. Ich schluchze wieder auf. Das kam gestern, als ich dort hingegangen bin. Zum ersten Mal seitdem. Dann erinnere ich mich, dass ich nach dem Unfall oft in Micks Bett eingeschlafen bin und davon aufwachte, dass Mick nicht neben mir lag. Und das war so schrecklich.

Was noch?, fragt Tati.

Ich habe Mutter nach dem Unfall gesagt, dass es meine Schuld war und auch, warum.

Tati guckt mich an und sagt: Du hast es deiner Mutter gesagt?

Ich nicke.

Und?, fragt Tati.

Ich zucke mit den Achseln. Ich weiß nicht mehr, was ich ihr gesagt habe, nur dass ich es getan habe, verstehst du? Und sie – sie hat kein Wort gesagt, ist einfach in den Garten gegangen. Du kennst sie ja.

Oh Mann, sagt Tati, was für eine Scheiße.

Ich nicke.

Seitdem ich beginne, mich zu erinnern, habe ich komische körperliche Phänomene. Es ist mehr ein Gefühl. Ein Rauschen im Ohr oder so etwas. Eine

Ahnung, die mich überfällt wie ein schwerer Mantel, der mir umgelegt wird.

Und das macht dir Angst?, fragt Tati.

Ja, schon, aber mehr das, was da noch auf mich zukommt. Ich meine, mir ging es wirklich gut. Ich hatte keine schlimmen Auffälligkeiten im Gegensatz zu Joon und auch sonst war ich wirklich glücklich in meinem Leben. Ja gut, mit der Kinderlosigkeit platzte ein Traum und dann folgte die Trennung von Philipp, aber wer hat denn nicht solche Einschnitte in seinem Leben? Es ist normal und gehört irgendwie dazu. Daher war wirklich alles in Ordnung. Ich will einfach nicht wieder diese Panikattacken bekommen, nur für den Preis, mich unbedingt erinnern zu müssen.

Und mehr weißt du nicht?, fragt Tati jetzt und sieht mich von unten an.

Aber nein, das sage ich doch.

Und du willst es vielleicht auch gar nicht wirklich wissen?

Ich sehe sie an und sage: Was ist, wenn ich, sobald ich weiß, was da war, die Bilder nicht mehr aus meinem Kopf kriege, Tati? Ich hatte schon so viele Bilder von der Zeit nach dem Unfall, die da seitdem blieben und immer wieder aufgetaucht sind, in meinen Träumen, beim Einschlafen, wenn ich sehr krank war oder betrunken. Was ist, wenn noch schlimmere Bilder hinzukommen?

Ich weiß es nicht, sagt Tati und richtet sich auf, ich weiß es wirklich nicht.

Ich glaub aber, betrunken ist ein gutes Stichwort. Ich brauch jetzt mal einen Schnaps. Willst du vielleicht auch einen?

Ich nicke.

Mit dem Schnaps ist es stiller geworden zwischen uns. Als Fabi kommt, trinken wir schon den zweiten, und er ruft: Na so was. Hier wird ja schon scharf gefeiert.

Tati und er umarmen sich und stellen fest, sie haben sich mindestens zwei Jahre nicht mehr gesehen. Sie überlegen, wo es war, Tati meint, bei einem Osterfeuer. Fabi meint, in der Werkstatt. Ich höre den beiden zu, finde es gut, die zwei so nebeneinander zu sehen, aber in meinen Ohren rauscht es. Fabi sagt irgendwann, dass er noch mal ran muss in der Werkstatt und fragt, ob ich noch bleiben möchte, aber ich sage, dass ich noch mal meine Mutter besuchen muss.

Tati und ich tauschen einen Blick und sie sagt: Na ja, es wird jetzt nicht wieder Jahrzehnte dauern, bis wir uns wiedersehen.

Ich stehe auf und versichere: Nein, das wird es wirklich nicht.

Als wir uns verabschieden, drückt mich Tati ganz fest. Wir tauschen unsere Telefonnummern aus, und als Fabi schon zum Auto geht, sagt sie: Melde dich bei mir, wenn dir mehr einfällt. Aber auch so. Einfach melden.

Ich sage: Danke für alles, und sehe sie an. In meinen Ohren rauscht es jetzt noch stärker, hinzu kommt ein kleines Schnipsen. Es ist wie ein elektrischer Impuls, als würde sich etwas in mir in einem wiederkehrenden Rhythmus entladen. Es nervt ein bisschen. Fabi wendet das Auto und ich drehe mich um und sehe die winkende Tati vor ihrem Haus immer kleiner werden, bis wir um die Ecke biegen. Dann lehne ich mich zurück und atme aus.

Ist alles okay?, fragt Fabi.

Ich denke schon, antworte ich. Ein warmes Gefühl erfasst mich. Vielleicht ist es der Schnaps im Bauch.

Fabi sagt: Es war ein bisschen wie früher mit euch beiden. Wie mit neun. Nur, dass wir ausnahmsweise mal keinen Scheiß gebaut haben.

Ich bin mir da gar nicht so sicher. Ich weiß nicht, wann ich zum letzten Mal zwei Schnäpse getrunken habe so früh am Morgen, antworte ich.

Er lacht: Weißt du eigentlich noch, wie wir den Hund vom Böttcher mit unseren Schulbroten beschmissen haben, damit wir in Ruhe Äpfel klauen konnten?

Ich vermute, Fabi möchte mich irgendwie ablenken und es ist mir ganz recht, also gehe ich darauf ein.

Deine Brote mochte er immer am liebsten, weil da Mortadella drauf war. Und irgendwann war er so vollgefressen, dass er nur noch geschlafen hat.

Fabi lacht, sieht herüber und fragt: Und erinnerst du dich noch an unseren ersten Kuss?

Ich nicke. Auf der Seilbahn, sage ich.

Fabi guckt mich mit erstaunten Augen an: Also, das war aber nicht der erste. Er grinst. Der erste war beim *Mord im Dunkeln* an meinem Geburtstag.

Was?, sage ich.

Er nickt.

Das gibt es doch nicht, rufe ich. Weißt du, dass ich mich immer gefragt habe, wer das damals war im Dunkeln?

Fabi lacht: Das war ich.

Ich schüttele den Kopf. Ich weiß noch, dass der Kuss nach Puderzucker geschmeckt hat. Als es wieder hell wurde, habe ich jeden angeguckt und überlegt, wer Puder auf seiner Waffel hatte oder ob man den Puderzucker noch irgendwo sieht.

Ich habe mir fast in die Hosen gemacht vor Angst damals und dich danach nicht mehr angeguckt, weil ich dachte, du würdest mir ansehen, dass ich dich überfallen habe damit.

Ich habe mir gewünscht, dass du das warst, sage ich jetzt. Unmittelbar darauf sehen wir uns an und da ist ein Band zwischen uns, ein Band wie zwischen Mick und mir oder wie zwischen Mick und Mutter oder wie zwischen Tati und mir oder zwischen Karl und mir oder wie zwischen Philipp und mir früher. Und das ist schön.

Fabi setzt mich bei Mutter ab, weil mir wieder einfällt, dass ich das Fahrrad gestern dort stehen gelassen habe. Wir umarmen uns lange und es ist gut, ihn zu spüren, so nah und so warm.

Melde dich, sagt er. Wir sehen uns bald wieder, oder?

Ich nicke. Das machen wir. Und Danke.

Immer wieder gern, sagt er. Und dann fährt er davon.

Mutter öffnet die Tür, bevor ich überhaupt klingeln kann. Wer war denn das?, fragt sie und ich sage: Fabian. Wir haben Tatjana besucht.

Mutter sieht mich mit großen Augen an und sagt nur: Ich habe uns eine Suppe gekocht.

Gut, sage ich und schließe die Tür hinter uns.

Mit Mutter am Tisch hat sich etwas verändert. Die Tischdecke ist jetzt aus weißem Leinen mit hellen Rosen an den Rändern, die im Licht der Lampen über dem Tisch schimmern. Das Schnipsen in meinem Ohr ist lauter geworden. Hinzugekommen ist ein Klopfen, das stetig prägnanter wird, bis es sich endlich entlädt. Es ist unheimlich. Ich löffele die Suppe und antworte mechanisch wortkarg auf Mutters Fragen zu Fabis Haus und zu unserem Abend gestern.

Nett war es, sage ich und verschweige meinen kleinen Ohnmachtsanfall. Wir haben uns über alte Zeiten unterhalten.

Mutter nickt und sagt: Der Fabian hat ja zwei Kinder.

Dabei guckt sie mich an mit diesem Blick, den ich all die Jahre vor mir sah, wenn sie sich am Telefon die Frage verkniff, wann ich denn gedenke, endlich Kinder zu bekommen. Inzwischen macht sie nur noch selten Anspielungen. Ich nehme an, mein Alter erübrigt das Thema zusätzlich ein wenig. Ich habe ihr nie gesagt, dass ich keine Kinder bekommen kann und auch nicht, warum Philipp und ich uns trennten. Es gab nie einen passenden Moment dafür, und später wollte ich nicht mehr darüber reden, außer mit Karl und Ina und vielleicht noch mit Amir. Ich hatte immer das Gefühl, es ginge Mutter nichts an, das Dass und das Warum.

Jetzt lege ich den Löffel beiseite und höre mich sagen: Weißt du, ich kann keine Kinder bekommen.

Mutter sieht von ihrem Teller auf und sagt gar nichts.

Ich kann keine Kinder bekommen, weil meine Eileiter nicht richtig funktionieren. Sie sind verschlossen.

Ich sehe Mutter an und versuche in ihrem verschlossenen Gesicht zu lesen, ob sie versteht, was ich sagen will. Da ich mir darüber nicht sicher bin, füge ich hinzu: Ich wollte immer Kinder, aber es sollte wohl nicht sein.

Mutter legt den Löffel klirrend auf den Teller und nimmt ihre Serviette vor das Gesicht. Ich verstehe erst etwas verzögert, dass sie hinter der Serviette weint. Es sind ihre zuckenden Schultern, die sie verraten, ansonsten ist es ein lautloses Weinen. Ich sitze da und weiß nicht, was ich machen soll. Mutter in den Arm zu nehmen kommt mir irgendwie unangemessen vor. Als würde ich jemand Fremden einfach so ohne Vorwarnung umarmen.

Es tut mir so leid, sagt sie schließlich, und das noch zweimal. Ich überlege, ob es ihr leidtut, dass ich keine Kinder bekommen kann oder dass sie immer wieder Anspielungen darauf machte oder ob sie eigentlich nur meint, ihr tue leid, dass sie weint. Sie nimmt die Serviette etwas herunter. Die Haut unter ihren Augen ist rot und feucht von den Tränen, die ihr immer noch herunterlaufen. Jetzt wischt sie sich die Tränen mit einem Zipfel der Serviette ab, und ich sehe das alles, während das Klopfen in meinem Ohr sich fortsetzt, lauter, drängender wird. Fast wird es zu einem Gefühl wie eine klopfende Vibration, als habe sich eine Mücke in meinen Gehörgang verirrt, würde nicht mehr herausfinden und dabei gegen die Wände meines Innenohres fliegen. Es ist ein Takt wie eine Melodie. Ich erinnere mich, dass mir mal eine winzige Fliege ins Ohr geflogen ist und dass es sich genauso anfühlte. Als würde sie zu einer Melodie fliegen.

Ich hatte ja keine Ahnung, sagt sie und putzt sich die Nase. Ich antworte nicht. Ich bin zu konzentriert auf die Mücke in meinem Ohr.

Weißt du, sagt Mutter dann, wieder fallen wie aus einer undichten Leitung einzelne Tränen aus ihren Augen, und als würde jemand den Wasserhahn aufdrehen, laufen sie nun schneller, bis sie mehrere Bahnen über ihre Wangen ziehen wie Regen an einer Fensterscheibe. Weißt du, setzt sie wieder an, ich wurde das Gefühl nie los, dass ich ihn in den Tod geschickt habe.

Sie weint. Ich sehe ihr zu, als würde ich jemanden in einem Film weinen sehen, der mich nicht wirklich etwas angeht. Ich fühle mich wie abgestellt, als wäre ich innerlich tot und eingefroren, und erschrecke über mich selbst.

Wegen ein paar verdammten Unterhemden, sagt sie jetzt. Sie lagen auf den Schienen, und da wusste ich es, schluchzt sie, und nun weint sie laut und ohne Zurückhaltung. Ihre Schultern zucken und es kommen schrille Geräusche aus ihr heraus, sie sind markerschütternd und tun mir weh. Meine Mutter ist laut, aber ich verstehe nicht wirklich, was sie sagt. Ihre Geräusche übertönen das Klopfen in meinem Ohr. Ich kann nicht anders, greife nach ihrer Hand und drücke sie. Mutter weint, ich halte ihre Hand und bemerke erst jetzt, dass auch ich weine und dass ich mich an ihrer Hand festhalte.

Nein, es ist meine Schuld, schluchze ich dann. Aber ich weiß nicht mehr, wieso. Ich habe einfach vergessen, warum.

Wie konnte ich das nur vergessen? Jetzt weine ich laut. Es ist schwer und gleichzeitig leicht. Als würde etwas sehr Altes aufbrechen und als Geröllawine aus mir herauskommen. Erdrutschartig ergießt sie sich auf den Tisch zwischen uns. Und wieder kommen Erinnerungen. Diesmal an die Zeit, als ich mir wünschte, an Micks Stelle zu sein. In meinen Träumen starb ich immer wieder, während Mick lebte, und wenn ich aufwachte, habe ich mir gewünscht, dass es wahr wäre. Und immer hoffte ich, dass er mir verzeihen würde.

Jetzt fallen mir wieder das Gürkchen und die Salami ein, und ich weine noch ein bisschen mehr, quetsche und drücke Mutters Hand, wische mir mit der anderen Armbeuge Tränen und Rotz aus dem Gesicht und sage: Und ich habe ihm auch noch die Salami vom Teller geklaut. Ich habe immer gedacht, dass es genau in diesem Moment passiert ist, als ich auch noch sein

Gürkchen genommen habe. Und dass ich keine Kinder bekommen kann, ist für all das die Strafe. Dabei weiß ich aber gar nicht mehr, was da passiert ist. Weil ich mich nicht erinnern kann. Aber ich habe es dir damals gesagt. Erinnerst du dich daran? In der Küche. Ich habe es dir gesagt, und du bist einfach rausgegangen. Weißt du das noch?

Mutter sieht mich an. Ich kann ihren Ausdruck nicht deuten. Mutter, rufe ich laut, mit verzerrtem Gesicht: Erinnerst du dich daran?

Sie entzieht mir ihre Hand, steht plötzlich auf, wortlos. Sie wischt sich das Gesicht mit der Serviette und legt sie vor sich auf den Tisch. Dann sagt sie: Es tut mir leid. Ich kann mich daran nicht erinnern, Linda. Diese Zeit liegt für mich wie im Nebel.

Ich starre sie an. Sie bewegt sich und macht Schritte durch den Raum. Ich folge ihr mit meinen Blicken, während sie an den dunklen Schrank geht, der im Wohnzimmer die gesamte Wand bedeckt. Sie öffnet eine Schublade, räumt ein paar Schriftstücke und Ordner heraus und zieht von hinten einen Gegenstand nach vorne. Er ist rot. Sie hält ihn mit beiden Händen, als sie damit an den Tisch zurückkehrt, und ich erkenne das Kästchen. Es ist mein Geheimkästchen. Ich starre erst das Kästchen an und dann sie.

Woher –, frage ich und kann nicht weitersprechen. Ich räuspere mich und sehe auf den kindlichen Schriftzug auf dem Deckel. *Linda* steht da in geschwungener Schrift, halb ins Holz eingedrückt, als wäre der Kugelschreiber leer gewesen.

Mutter beginnt wieder zu weinen: Ich habe es irgendwann gewusst, ich wusste, warum er an den Gleisen war. Aber ich wollte es von dir hören.

Ich sehe sie an und verstehe nicht, was das alles soll. Sie schnaubt sich wieder die Nase und sagt mit belegter Stimme: Ich habe Wochen später eure Hütte entdeckt, weil es mir keine Ruhe ließ, wieso Mick dort in der Gegend war. Was um alles in der Welt machte er an diesem unbefestigten Übergang? Es war euch verboten, euch dort herumzutreiben. Also lief ich über den Bahndamm und in den Wald hinein. Als ich diesen Verschlag entdeckte, ahnte ich, wie es gekommen sein musste. In einer Truhe fand ich dein Kästchen und das von Tati. Ich nahm deins an mich. Ich habe es in Sicherheit gebracht. Jetzt beginnt sie heftiger zu weinen: Damit niemand darin lesen konnte.

Ich sitze da und starre das Kästchen an. Dann öffne ich den Deckel. Darin sind ein kleines Portemonnaie in Form einer Maus und mehrere ausgewalzte kupferne Pfennige, die wir auf die Schienen gelegt hatten und die dünn und glatt wurden, wenn ein Zug darüber gefahren war. Und dann ist da noch ein Heft mit einem orangefarbenen Pappeinband. *Lindas Tagebuch* steht darauf, daneben sind Zeichnungen von kleinen Elefanten und Blumen, die sich um den Namen ranken. In der oberen rechten Ecke ist ein Armband mit einem Streifen Tesafilm darauf geklebt. Es ist zerrissen. Ein Freundschaftsarmband, das Fabi mir geschenkt hatte. Ich trug es so lange, bis es mir vom Arm fiel.

Ich habe es nicht gelesen, sagt sie und putzt sich die Nase. Ich konnte es nicht. Es ging einfach nicht. Sie sieht mich an und gleich wieder auf das Kästchen.

Das glaube ich dir nicht, denke ich und starre sie an. Du hast es die ganze Zeit hier bei dir gehabt?, frage ich.

Es tut mir so leid, ruft sie und ihr Kinn bebt. Es tut mir alles so leid.

Ich sehe sie an und weiß nicht, was ich sagen soll. Ich stehe auf und nehme die Treppe nach oben. In der Tür meines alten Kinderzimmers merke ich, dass ich mich setzen muss. In meinen Ohren klopft es stark und ich habe das Gefühl, ich zittere innerlich. Ich halte mich mit der einen Hand an der Türklinke fest und strecke meine andere Hand gerade vor mir aus, aber sie ist ganz ruhig. Jetzt habe ich das Gefühl, ich breche gleich wieder zusammen. Ich setze mich auf mein Kinderbett. Es knarrt unter meinem Gewicht und ich lege mich hin und die Beine hoch. Draußen fallen vereinzelt Regentropfen auf das Dachfenster. Das Gewitter, denke ich. Es sind erste schwere Tropfen. Sie machen ein trommelndes Geräusch auf dem Fenster. Ich atme tief und ruhig ein und so lange aus, bis nichts mehr in mir ist an Luft, dann halte ich für wenige Sekunden an und atme langsam wieder ein. Ich werde ruhig.

Als ich aufwache, ist es still im Haus. Vom Flur fällt Licht durch den Spalt der angelehnten Tür. Über dem Dachfenster ist der Himmel wieder blau. Offenbar ist das Gewitter weitergezogen. Ich liege auf dem Rücken unter einer Decke, die Mutter über mich gelegt haben muss. Mein Gesicht ist verquollen und fühlt sich dick an.

Plötzlich verändert sich das Licht. Die Tür geht auf und Mick schleicht herein.

Linda, flüstert er, Linda, wo bist du?

Hier, flüstere ich zurück.

Er schließt die Tür und schlüpft unter meine Decke. Ich hatte einen schlimmen Traum, sagt er. Ich habe Joon und dich im Wald gesucht und nicht gefunden. Ich war an der Hütte und ich war so allein.

Micks Körper zuckt neben mir und ich lege meine Hand auf seinen Rücken.

Mick?, flüstere ich. Dann merke ich, dass er weint.

Mick, sage ich erschrocken und streichele sein Haar. Ich habe Mick noch nie weinen gesehen. Ich bekomme große Angst und schlucke.

Es war nur ein Traum, flüstere ich und fahre mit der Hand immer wieder über sein Haar. Wir sind doch hier.

Aber Mick weint, als würde er mich nicht hören.

Es ist die Nacht vor dem Unfall. Ich liege da und tröste meinen großen Bruder. Es ist das erste Mal, dass Mick zu mir kommt. Sonst habe immer nur ich Zuflucht in seinem Bett gesucht. Ich liege da und bin ganz stark. Nach einer Weile werden seine Schluchzer seltener und schließlich abgelöst von ruhigen Atemzügen, die mich auch in meinen Schlaf geleiten.

Am nächsten Morgen liegt Mick nicht mehr neben mir. Ich höre ihn im Flur. Ein Ball donnert gegen meine Tür. Sie springt auf und der Ball rollt herein, gefolgt von Mick. Aufstehen, ruft er laut, ohne mich dabei anzusehen. Es ist Montag. Du kommst zu spät zur Schule.

Ich drehe mich auf die Seite und brumme etwas Unverständliches, schließe kurz meine Augen, öffne ein Auge wieder und sehe, dass er nur so dasteht vor meinem Bett und mich ansieht mit einem Blick, den ich nicht verstehe. Der Blick ist trotzig und weich zugleich. Dann geht er aus dem Raum und ruft grob: Mach hinne jetzt, sonst bekommste Ärger.

Als ich höre, wie er die Treppe hinuntergeht, bemerke ich, dass mein Kopfkissen feucht ist. Und da weiß ich, dass es kein Traum gewesen ist. Dass Mick heute Nacht wirklich in mein Bett kam, weil er Angst hatte.

Vom Einordnen

Ich liege auf unserem Sofa und beobachte Karl, der uns ein Sandwich macht. Er trägt ein T-Shirt, das ihm ein bisschen zu eng geworden ist, und als er lange sattgelbe Stücke Käse abhobelt, zeichnen sich seine Schulterblätter ab. Seine Arme sind stark von der Arbeit. Mein Blick fällt auf meinen Rucksack, der noch in der Mitte des Zimmers steht. Dort, wo er ihn vorhin abgestellt hat, als wir hereinkamen.

Karl hatte mich vom Bahnhof abgeholt. Es war spät und ich sah ihn schon aus dem Zugfenster. Er stand auf dem Bahnsteig mit seinen großen braunen Schuhen und der ausgebeulten Jeans, in dem grauen T-Shirt, groß und stark wie ein Baum, die Hände in den Taschen, mit einem Blick wie ein Baby. Er sah mir entgegen. Ich ging zu ihm, stellte den Rucksack ab, er breitete die Arme aus und wir hielten uns, ohne ein Wort zu sagen. So standen wir und ich schloss die Augen und wollte ihn gar nicht wieder loslassen, so gut tat es, meine Last kurz an ihn abzugeben. Als könne ich meine Schwere an ihn hängen, die dortbliebe, auch wenn ich mich löste. Er spürte es schon da, dachte ich, denn er sagte nichts, außer: Lass mal, ich nehme dir das ab. Und er griff nach meinem Rucksack. Während der Heimfahrt sprachen wir nur wenig. Sicher spürte er meine Beklommenheit. Auf der Treppe zu uns nach oben sagte er nur: Willst du jetzt erzählen oder lieber morgen und erst mal schlafen? Du siehst so müde aus.

Ich denke nicht, dass ich jetzt schlafen kann, sagte ich, legte mich aufs Sofa und zog meine Sandalen aus.

Jetzt macht er uns Brote und ich überlege, wo ich anfangen soll. Wo fängt man an, wenn der Partner über nichts Bescheid weiß, weil man bisher wenig von sich erzählt hat? Nichts von Mutter und Vater, nichts von Mick, nur von Joon am Telefon, ohne ihn bisher getroffen zu haben, denn Joon lebt mit seiner Familie in London. Oft nahmen wir uns vor, ihn endlich zu besuchen, den fernen kleinen Bruder in London, aber es hat bislang nie geklappt.

Zu Vaters Beerdigung habe ich Joon das letzte Mal gesehen. Es war ein kalter klarer Tag, aber es war schön, sich wieder zu treffen nach all der Zeit. Es fühlte sich an, als hätten wir uns erst am Tag zuvor gesehen. Dabei war es tatsächlich schon Jahre her. Außer zu gelegentlichen Telefonaten zum Geburtstag und manchmal zu Weihnachten hielten wir kaum Kontakt. Joon war zu Vaters Beerdigung allein angereist, seine Frau und die beiden Mädchen hatten nicht mitkommen können. Sein Gesicht wurde zart, wenn er von ihnen oder seinen Illustrationen erzählte, und ich freute mich für ihn. Nach allem schien es gut für ihn zu laufen.

Nach den Kondolenzen am Grab, an dem wir Hinterbliebenen auch die Erinnerungen an Micks Trauerfeier im Kopf trugen, fuhren wir in ein Gasthaus ein paar Dörfer weiter. Es gab Suppe, Kuchen, Kaffee, Tee und Schnaps. Als wir kurz nach draußen gingen, um Luft zu schnappen, sagte Joon plötzlich: Jetzt bin ich der letzte Mann bei uns und ich werde jeden Tag an Vater denken. So wie an Mick.

Ich lehnte mich an seine Schulter und sagte: Ich auch, Joon.

Ich war müde vom Weinen und der Unausweichlichkeit des Todes. Die letzten Monate hatte Vater im Krankenhaus in Lüneburg verbracht. Ich war zweimal hingefahren in das weiß-graue Zimmer mit dem Blick über ein Feld mit nur einem einzigen Baum. Beim ersten Mal sah Vater mich manchmal an und schlief dann wieder ein. Er hing an Schläuchen und Kabeln und wirkte nicht mehr wie er selbst. Als wäre er innerlich schon gegangen, aber der Körper hatte noch nicht folgen können. Abends in meinem Zimmer in einem kleinen Hotel fühlte ich mich schrecklich hilflos. Vater beim Sterben zuzusehen stand ganz im Gegensatz zu Micks Tod, und ich fragte mich, was besser sei, aus dem Leben gerissen zu werden oder sich quälend langsam zu verabschieden. Schmerzhaft war es immer.

Bei meinem zweiten Besuch war es Winter. Mutter hatte zuvor angerufen, dass es bald so weit sein könne. Ich hatte den nächsten Zug genommen und mich in den glatten, kargen Gängen des Krankenhauses verloren, bis ich mich schweren Herzens neben Mutter an Vaters Krankenbett setzte. Vater schlief und wir schwiegen. Vor dem Fenster ließ die Sonne den Schnee auf dem Feld glitzern. Der Baum trug eine Haube, wie eine Krankenschwester aus alten Zeiten, und auf einem seiner Äste saß unbeweglich eine einsame Krähe. Als

Vater seinen letzten Atemzug getan hatte, flog sie auf und davon.

Nach der Beerdigung sagte Joon damals vor der Tür des Gasthauses: Vater ging es genauso. Er musste auch andauernd an ihn denken. Das verriet er mir mal. Bei uns vergeht kein Tag ohne Mick, sagte er damals zu mir.

Ich seufzte: Ich frage mich oft, wie Mick jetzt wohl leben würde und was er gern hätte, welche Menschen er um sich haben würde und wie er wohl aussähe. Würde er sich vielleicht sogar Michael nennen?

Joon grinste und schüttelte den Kopf, dann strich er mir mit der Hand über die Wange. Er würde dir sehr ähnlich sein, sagte er und ich schwieg dazu. Dann gingen wir wieder zu den anderen.

Als Vater starb, hatte ich Karl noch gar nicht kennengelernt. Er übernahm erst einige Monate später die leere Werkstatt neben meiner. Die Zeit war schwer. Ich hatte das Gefühl, zu wenig Zeit mit meinem Vater verbracht zu haben, solange es noch möglich gewesen wäre, und ich weinte, trank und schlief zu viel. Nichts konnte mich von meiner Trauer ablenken.

Ein Geigenbauer zieht hier ein, sagte die ältere Dame aus dem Haus und lächelte verschmitzt. Ein stattlicher Mann, fügte sie noch hinzu, und ich versuchte mir vorzustellen, wie ein stattlicher Mann ein so feines Instrument wie eine Geige baute. Es gelang mir nicht, bis ich Karl kennenlernte und ihn durch das Fenster beobachtete.

Es ging sehr schnell, das mit Karl und mir. Es gab keine Fragen, keine komplizierten Anpassungen, Modifikationen des Zusammenseins, des Liebens, des sich Begehrens. Es passte einfach, als hätten wir sehr lange darauf gewartet. Wir wurden schnell süchtig nach dem jeweils anderen und verbrachten kaum mehr Zeit ohneeinander. Ich hatte seit meinem Auszug bei Philipp in einem kleinen Raum hinter der Kreuzberger Werkstatt gewohnt, und da Karls Wohnung im Friedrichshain zu wenig Platz für uns und unsere beiden Egos ließ, wie wir feststellten, suchten wir zusammen eine größere Bleibe zur Miete. Nach ein paar Monaten erfolglosen Suchens hörten wir von einem Kunden von Karl, dass dieser unweit der Werkstätten seine Dachwohnung verkaufen wolle. Also beschlossen wir, unsere Ersparnisse zusammenzukratzen, dazu das Geld, das Vater mir hinterlassen hatte, zu nutzen und einen Kredit aufzunehmen. Acht Wochen später zogen wir hier ein.

Die Terrassentür steht offen. Ich höre das Zirpen der Schwalben zum Geklapper der Teller aus den Küchen des Vorderhauses. Die Dämmerung hat eingesetzt. Irgendwo läuft ein Fußballspiel im Fernsehen und jemand spielt Klavier. Das Fenster des Fußballzimmers wird zugeworfen und man hört nur noch das Klavier. Es ist eine getragene Melodie. Ich sehe hinaus und denke wieder, wie sehr ich diese Terrasse liebe. Sie ist ein lächelnder Ort.

Setzen wir uns hinaus?, frage ich.

Karl nickt und ruft: Ich bin gleich soweit.

Draußen ist die Stimmung so, wie sie nur an einem Samstagabend sein kann. Dicht und hungrig, voller Erwartungen an das Wochenende. Ich setze mich an den alten Biertisch und sehe in den Himmel. Er ist wolkenlos und schon fast komplett nachtblau. Weit oben blitzen die Lichter eines Flugzeugs rot und weiß auf. Das Klavier schickt ihm seine Töne nach. Die ersten Sterne blinken matt.

Karl kommt mit zwei Tellern, stellt einen vor mich und sagt: Ich hoffe, das reicht dir.

Danke, ich habe kaum Hunger. Ich bin nur sehr froh, wieder hier zu sein, antworte ich.

Er setzt sich mir gegenüber, schlägt die Beine übereinander, beißt in sein Brot, kaut, schluckt und beobachtet mich dabei, wie ich ihm zusehe. Irgendwann stützt er einen Arm auf und hält sich dabei die Haare aus dem Gesicht: Magst du anfangen, wie es gewesen ist?

Mit dem Zeigefinger fahre ich über das Holz des Tisches. Ich spüre einem Riss entlang, hin und her, immer wieder zwischen ihm und mir. Es beruhigt mich irgendwie. Als ich schließlich beginne, geht es plötzlich ganz leicht. Ich erzähle vom Unfall, unserem Geheimversteck, von Mutter, von meinen erst jetzt wiederkehrenden Erinnerungen und all dem anderen, dem dumpfen Gefühl von Schuld über all die Jahre, von Fabi und dem Besuch bei ihm und Heike, meinem Ohnmachtsanfall, dem Klopfen im Ohr, dem Besuch bei Tati und schließlich vom Gespräch mit Mutter im

Haus vorhin, als sie mein altes Kästchen mit dem Tagebuch hervorholte. Dabei vergesse ich zu erwähnen, dass ich das Geheimkästchen bei mir habe. Es ist keine Absicht, es fällt mir nur auf, als ich schließlich still bin.

Karl sitzt bloß da. Mal hat er die Hand vor dem Mund aufgestützt, dann lehnt er sich zurück und verschränkt die Arme vor dem Bauch. Er lehnt sich wieder nach vorne und fährt sich mit beiden Händen durch die Haare. Dann stöhnt er leise. Sein Sandwich lässt er liegen, so wie ich meins.

Als ich still bin, sagt er lange nichts. Er sieht mich an und meint: Da hast du ja was hinter dir.

Ich lege den Kopf zur Seite, zucke mit den Schultern und sage: Oder noch vor mir.

Karl sieht mich weiter an, und ich weiß nicht, wieso, aber ich muss schon wieder weinen. Er fängt meine Hand ein, die immer noch hin- und herfährt auf dem Riss zwischen uns, und hält sie fest.

Du bist müde, sagt er. Das war anstrengend.

Ich zucke die Schultern. Ja, sage ich langsam, das bin ich.

Ich entziehe ihm meine Hand und wische mit dem Ärmel meines Jäckchens über mein Gesicht. Weißt du, manchmal ist das alles so abstrakt, als wäre es nie passiert, als wäre es irgendeiner anderen Familie passiert. Einer, von der man nur mal gehört hat und dachte: Wie schrecklich. Denn ich, ich hatte ja eine glückliche Kindheit bis zu dem Unfall. Ich lache kurz auf.

Er nickt: Aber so ist es ja auch. Du hattest eine glückliche Kindheit bis zu dem Zeitpunkt. Und es ist jemand anderem passiert. Es war das kleine Mädchen von damals, das das weggesteckt hat, es wegstecken musste, um sich zu retten. Ein sehr starkes kleines Linda-Mädchen.

Karl sagt es so liebevoll, dass die Tränen wieder zu laufen anfangen. Trotzig wische ich sie weg.

Er zündet sich eine Zigarette an und sagt mehr zu sich selbst: Deine Mutter fühlte das Gleiche wie du, Linda, die ganze Zeit dachte sie, sie sei schuld an seinem Tod. Vielleicht bewusst, dann verdrängte sie es, denn wie soll man so auch weiterleben mit diesem schrecklichen Gefühl, schuld zu sein am Tod eines Kindes?

Ich nicke: Ich weiß das jetzt. Aber es hat mir damals nicht geholfen.

Ja, sagt er. Sie war sicher im Schock. Und überfordert. Aber klar, wie es auch war, sie hätte etwas sagen müssen, um dir zu helfen, dir dieses schreckliche Schuldgefühl zu nehmen. Vielleicht konnte sie nicht reagieren, als du ihr sagtest, es sei deine Schuld. Weil sie meinte, es sei allein ihre Schuld gewesen, von Anfang an.

Vielleicht, aber wer weiß. Wir reden ja nicht. Seit einunddreißig Jahren redet einfach niemand bei uns über Mick und was damals geschah. Geschweige denn über Schuld.

Karl sieht auf seine Hände: Aber was heißt denn Schuld überhaupt in so einem Fall? Es war sicherlich eine Situation, eine unglückliche Verkettung von Ereignissen. Und du warst ein Kind, Linda, du warst klein.

Ich sage nichts, weil ich nicht weiß, was. Können Kinder nicht auch Schuld auf sich laden?, frage ich mich. Ich glaube schon. In diesem Moment spüre ich das Loch in mir, das schwarze Loch in meinem Kopf, das alles verschluckt hat, was damals geschah.

Karl sieht über den Hof. Dann fragt er: Und dann in Berlin? Wurde es da besser?

Ich schüttele den Kopf: Nein. Es war komisch, plötzlich in einer Wohnung zu leben anstatt in einem Haus. Und dazu waren wir ja nur noch zu viert, Mick fehlte eben. Das Zimmer, das eigentlich Mick in Berlin hätte bekommen sollen, wurde zum Arbeitszimmer, in dem nie jemand arbeitete, als sei es verflucht gewesen. Manchmal schliefen dort Gäste auf dem Sofa, aber von uns hielt sich niemand dort auf. Mick wurde auch nie erwähnt. Ein einziges Bild stand auf einer Anrichte und Mutter legte ihm dort an seinem Geburtstag und am Tag des Unfalls eine Blume hin. Aber niemand sprach von ihm. Als Joon und ich es mal versuchten, herrschte erst Schweigen und dann rannte Mutter aus dem Zimmer und weinte.

Karl stöhnt. Dann greift er nach meiner Hand.

Ich dachte lange, dass ich immer dieses schlechte Gewissen verspürte, weil ich ihm das Gürkchen vom Teller geklaut hatte, sage ich, nehme mir eine von Karls Zigaretten und zünde sie an. Ich blase den Rauch über das Geländer in den Hof und sage: Aber jetzt ist klar, da war viel mehr. Und irgendwie verlagerte sich mein schlechtes Gewissen auf Mutter. Immer dieses Gefühl, ich müsste etwas tun, mich kümmern, etwas machen, mich vergewissern, ob es ihr gut geht, und wenn es nur am Telefon war. Als würde ich sie noch behüten müssen. Ich kämpfe seit Jahren permanent gegen ein schlechtes Gewissen an. Sobald ich sie nicht einmal in der Woche angerufen hatte, dachte ich andauernd daran, dass ich nicht vergessen darf, sie anzurufen, denn sie selbst ruft mich ja nie an. Sie meldet sich fast nie. Wenn ich nicht jeden Sonntag anrufe, könnte es sein, dass ihr in dem Haus etwas passiert ist und niemand davon erfährt.

Karl nickt.

Nur hinfahren konnte ich nicht mehr in dieses Haus. Selbst zu Vaters Beerdigung wohnte ich im Hotel, sage ich und schlucke. Ich konnte einfach nicht mehr dorthin. Ich ertrug es dort nicht.

Es ist ein bisschen still. Wir hängen beide unseren Gedanken nach.

Wie ist sie so?, fragt Karl dann und sieht mich aufmerksam an.

Hm, mache ich. Einer dieser Menschen, die zurückzucken wie ein kleines schreckhaftes Tier. Sie würde nie wirklich über jemanden lästern, sich mal beschweren, das ja, aber nicht über jemanden herziehen. Sie nimmt selten eine moralische Position ein oder überhöht sich gegenüber anderen. Eher versteckt sie sich und nimmt sich ganz zurück. Sie ist nicht böse. Verhält sich eher wie ein kleines Kind, nicht erst jetzt im Alter. Schon früher war sie manchmal unbeholfen, so als wisse sie nicht, was zu tun ist, und dann hielt sie sich extra aufrecht und sah einen an mit dem roten Mund und diesem ernsten Blick.

Siehst du, sagt Karl. Und dann fragt er noch: Weißt du etwas über ihre Kindheit?

Nicht viel. Sie sind beide in der Nachkriegszeit geboren. Mein Vater war Jahrgang 1947 und Mutter ist 1949 geboren. Die Familien litten Hunger. Vater hatte sieben ältere Geschwister, er war der Jüngste. Die beiden ältesten Jungen wurden in den letzten Kriegswochen noch eingezogen. Sie waren siebzehn und sechzehn. Einer der beiden blieb im Krieg, einer kam mit nur einem Bein wieder. Ein Mädchen wurde verschleppt. Es war die Hölle.

Und bei deiner Mutter?

Sie erinnert sich nicht, sage ich und ziehe zweimal an der Zigarette. Nur an Ruinen und an die Ratten, die dort am Tag liefen, kratzige Decken und den Geruch von Graupen und Steckrüben in dünnen Suppen. Sie verließ schon früh das Elternhaus. Mit fünfzehn, glaube ich. Sie ging als Hausmädchen in eine Anstellung und hatte dort ein kleines Zimmer unter dem Dach. Nirgendwo wurde viel geredet, sagte sie mal. Ich denke, alle waren damals irgendwie sprachlos.

Karl nickt und sagt: Das sind ganz alte Muster. Diese Generation hat früh gelernt, nicht zu sprechen, und es gab damals gar keinen Raum für Kindheit. Da waren all die Heimkehrer aus den Strafgefangenenlagern, die Traumatisierten, die Versehrten und die Schuld, die Armut, der Hunger, die Trümmer und die Gewalt. Und niemand sprach, denn wenn man darüber sprach, war das Entsetzen wieder da. Als würde man es ein zweites Mal durchleben, sobald man davon erzählte. Also schwiegen sie und versuchten klarzukommen. Und es gab ja viel zu tun.

Ich sehe ihn an: Es ist nicht so, dass ich das nicht verstehen kann. Ich verstehe das alles. Ich habe es ja eigentlich auch so gemacht. Aus anderen Umständen und Gründen, aber auch ich habe alles verdrängt, vergessen und mich nur an das Schöne erinnert. Und vielleicht muss man das auch erstmal genau so tun, um nach vorne blicken zu können? Aufstehen und weitermachen, nach vorne sehen. Die Eltern konnten sich eine unbeschwerte Kindheit, wie wir sie hatten, gar nicht erlauben. Und später, als Erwachsene, wollten sie einfach in einer heilen Welt leben. Ich verstehe das.

Karl drückt seine Zigarette aus.

So stelle ich es mir jedenfalls vor, sage ich noch, denn geredet wurde darüber ja nie.

Ich glaube auch, dass es so war, sagt Karl. Meine Eltern sind mitten im Krieg geboren, 1942 und 1944. Die haben ihre Kindheit viel später erst nachgeholt. Meine Mutter zum Beispiel hat ihr Leben lang kleine Puppen gesammelt. Bis ins hohe Alter. Lauter niedliche kleine Puppen, viele auch aus der Heimat, bayrische Trachtenpüppchen im Dirndl, die überall herumsaßen und sorgsam abgestaubt wurden. Und mein Vater hatte eine Eisenbahnplatte im Keller. Mit der durften mein Bruder und ich nie spielen. Wir durften nur zusehen, wenn er sie anschaltete und die Züge lossausten durch die Tunnel und an den winkenden

Miniaturfiguren und Bahnhöfen vorbei. Eines Tages nahm ich einen kleinen Jungen mit einem Fußball von der Platte herunter. Mein Vater hatte ihn als Einzigen nicht angeklebt. Vielleicht, weil er nicht wusste, wo er ihn am besten hinstellen sollte. Ich nahm ihn an mich und versteckte ihn in meinem Nachttisch ganz hinten. Dieser Junge mit dem Fußball war ein bisschen wie ich, weißt du? Mein Vater hat es sofort gemerkt. Er kam einen Abend später ins Zimmer gestürmt und fragte mit wütender Stimme und eiskalten Augen, ob ich es gewagt hätte, den Fußballer zu stehlen. Ich reichte ihm diesen wortlos und er gab mir eine Ohrfeige. Das war's. Ich glaube, dieser kleine Fußballer war er selbst. Bis zu seinem Tod war es die einzige Figur auf der Platte, die nicht angeklebt wurde und die immer mal den Standpunkt wechselte.

Ich muss lächeln und drücke meine Zigarette aus.

Mein Vater hatte Modellautos im Schrank. Vielleicht ist das ähnlich. Und wer weiß schon, wie wir geworden wären ohne eine wirkliche Kindheit.

Na, guck uns doch an, sagt Karl. Wir stecken ja immer noch mittendrin. Fühlst du dich so richtig erwachsen? Ich bastele Geigen und du nähst Taschen.

Wir müssen beide lachen. Es ist ein befreiendes Lachen. Ein bisschen drüber und eigentlich zu lang, denn so lustig ist das ja eigentlich gar nicht.

Nein, aber weißt du, ich habe immer überlegt, was aus mir geworden wäre, wenn wir nicht weggezogen, sondern im Dorf geblieben wären. Ich bin nicht sicher, ob ich Abitur gemacht und studiert hätte, ob ich irgendwann zu meiner Ausbildung gefunden hätte und es möglich gewesen wäre, das Gleiche zu leben wie jetzt, meine Selbstständigkeit mit einem Kunsthandwerk in einer größeren Stadt, vielleicht in Hamburg. Wahrscheinlich nicht.

Das kann man nie wissen, sagt Karl und reibt mit den Händen über die Oberschenkel.

Wahrscheinlich hätte ich eine Ausbildung zur Apothekenhelferin gemacht, das hätte mich vielleicht interessiert, ich hätte früh geheiratet und ebenso keine Kinder bekommen oder wer weiß. Zwillinge vielleicht, wenn man künstlich nachgeholfen hätte. Ich hätte in einem Haus mit zwei Hunden, einer riesigen Waschmaschine und einem noch größeren Fernseher gewohnt und mich in irgendwelchen Vereinen nützlich gemacht, wahrscheinlich einen Putzzwang oder andere Neurosen gepflegt, abends mit dem Kühlschrank und den Pfunden und dem Sog aus der Chipstüte gekämpft, was man so macht am Abend, bevor man die letzte Runde mit den Hunden geht. Ich hätte ein anderer Mensch werden können, weißt du? Und zu all dem hätte ich dich vielleicht nie kennengelernt.

Karl zieht amüsiert einen Mundwinkel nach oben.

Vielleicht hätte ich mich bei einem Besuch in Berlin mal verirrt und wäre dabei an deiner Werkstatt vorbeigekommen. Ich hätte durch das Fenster gesehen und dir zugeschaut, deinen Bewegungen beim Sägen, deiner ruhigen Art. Ich hätte die Geduld bewundert und festgestellt, wie befriedigend es sein muss, ein fertiges Instrument in der Hand zu halten, das man allein geschaffen hat. Und vielleicht hätte ich überlegt, wie es wohl wäre, selbst etwas mit den Händen herzustellen. Eine Geige? Vielleicht ein Kleid oder eine Tasche? Und wie es wäre, einem wie dir bei der Arbeit zusehen zu können, wann immer einem danach ist. Dann wäre ich weitergegangen und du hättest aus dem Fenster gesehen mit einem Gefühl, als sei dir eine Möglichkeit entgangen.

Karl lächelt. Ach, Linda, du kleine Spinnerin, sagt er und steht auf. Magst du ein Glas Wein?, und ich nicke.

Als er an mir vorbeigeht, fasst er mich an. Seine Hände sind warm in meinem Nacken. Er fährt mit den Fingern über meine Schulter und trommelt mit den Daumen einen nachdenklichen Takt. Was ich vorhin noch dachte und nicht vergessen möchte, ist, dass ich glaube, sie fühlt sich dir viel näher, als du denkst. Du bist ihre einzige Tochter, die Mick auch noch so ähnlich sieht. Aber das tut ihr eben weh, weißt du? Und es tut ihr auch weh, dass sie dir nicht helfen konnte damals. Sie konnte es nicht, weil sie selbst mittendrin steckte. Und obendrein konnte sie das alles nicht zeigen, glaube ich. Er streicht noch einmal über meine Schultern, dann geht er hinein.

Später ist es schwarz um uns herum. Wir haben nur ein kleines Teelicht zwischen uns angezündet, aber es erhellt unsere Gesichter wie eine Fackel. Es tut mir gut, hier zu sein, bei ihm. Wenn ich die Augen schließe, ist da Karls Stimme, die ruhige, kluge Fragen stellt. Er ist es, der mir zu bedenken gibt, dass es gut wäre, mit jemandem über all das zu reden. Alles von Anfang zu erzählen, noch mehr als ihm, einfach die ganze Geschichte von Beginn an, ohne dass irgendetwas an Wissen in der Erzählung vorausgesetzt werden kann. Jemand Professionellem, der nicht involviert ist, jemandem vom Fach.

Einer Therapeutin, sage ich und Karl nickt: Wie wäre das?

Ja, es ist nicht so, dass ich das nicht auch überlege. Ich habe vorhin auf der Zugfahrt darüber nachgedacht. Manchmal ist es, als würde es schon fast dazugehören, zu unserer Generation. Man macht eine Therapie und lässt sich den Schmerz als Tattoo auf den Arm stechen. Es ist ja nahezu seltsam, dass ich noch nie eine Therapie gemacht habe. Geständnisse sind absolut angesagt.

Karl lacht erst und dann fragt er recht ernst: Und, wirst du es tun? Gibst du dem Gesellschaftsdruck nach? Er zwinkert.

Der Feuerball ist wieder unter meinem Hals und meine Zunge klebt am Gaumen. Ich trinke noch etwas Wein, weiß aber, ich sollte Wasser trinken. Es ist nur so weit weg, ich bin nicht in der Lage aufzustehen und eine Flasche Wasser zu holen.

Ich weiß es noch nicht, gebe ich zu. Vielleicht mache ich es. Vielleicht lasse ich es so, wie es ist. Ich weiß es nicht. Weißt du, ich habe das schon zu Tati gesagt heute Morgen, es geht mir doch eigentlich gut. Ich meine, es ging und geht mir gut.

Karl zieht die Augenbrauen hoch und sagt: Du hast schon manchmal recht heftige Albträume.

Ja, aber Albträume hat doch jeder mal, oder nicht?

Na gut, sagt er, aber jetzt, nach all dem, was du erfahren hast, gäbe es vielleicht doch einen echten Grund, das mal aufzuarbeiten nach der ganzen Zeit.

Der Feuerball brennt und ich denke wieder an Wasser.

Dieses Kästchen, sagt er dann. Existiert dieses Kästchen denn noch?

Ja, sage ich. Nur das. Ich sage nicht, dass es nicht weit von uns liegt, im Rucksack im Wohnzimmer, und ich daher fürchte, dort vorbeizugehen, ihn zu öffnen und das Kästchen herauszuholen. Ich möchte mir diese Entscheidung noch offenlassen.

Karl hat sich in seinem Stuhl zurückgelehnt und die Arme hinter dem Kopf verschränkt. Gedankenverloren sagt er: Bist du eigentlich gar nicht neugierig? Ich meine, du könntest vielleicht etwas darin finden, wenn dieses Tagebuch noch existiert.

Ja. Einerseits ja, andererseits weiß ich es nicht, antworte ich. Ich weiß einfach nicht, ob dann Bilder kommen, die ich nicht verkrafte, die ich dann nicht mehr vergesse. Was, wenn ich wieder Panikattacken bekomme? Ich hatte bereits körperliche Anzeichen dafür in den letzten Tagen und bin sogar schon in Ohnmacht gefallen. Was, wenn das wieder und wieder passiert, weil all diese Bilder zurückkommen, die ich über die Zeit in mir weggesperrt habe? Und ich weiß nicht, ob ich das wirklich tun muss. Ich sehe ihn an.

Meine Zunge pappt jetzt innen an der vorderen Zahnreihe. Ich habe solchen Durst, aber ich kann nicht aufstehen.

Ich glaube, es wäre gut, wenn du dieses Tagebuch an dich nimmst und hineinsiehst. Ich denke, es wäre gut für dich. Ihr hättet damals als Familie Micks Unfall aufarbeiten müssen, vielleicht wäre damit alles leichter geworden.

Ich nicke. Ja, das kann sein. Das stimmt. Wer weiß. Damals stand das gar nicht zur Diskussion. Niemand hat an eine Therapie oder ähnliches gedacht. So etwas war gar kein Thema, das schob man von sich weg.

So wie du jetzt?, fragt Karl und lächelt ein wenig. Weißt du, ihr seid euch schon sehr ähnlich, du und deine Mutter.

Ich sehe Karl entsetzt an.

Zumindest verhaltet ihr euch ähnlich, erklärt er. Vielleicht ist ja jetzt die Zeit gekommen, das zu ändern, indem du eine Therapie beginnst.

Ich überlege es mir ja schon, sage ich und presse meine Lippen aufeinander. Weißt du, bei allem, was passiert ist, habe ich mich offenbar immer dazu entschieden, nicht daran zu verzweifeln. Und ich würde das gern beibehalten. Die Erinnerungen auszugraben und mich mit der Schuld und meiner Wut auseinanderzusetzen würde mich sicher nicht zu einer besseren Person machen, aber vielleicht würde es mich verändern. Irgendwie will ich mich aber nicht verändern. Ich schnalze unwillkürlich mit der Zunge und sage: Die Frage ist ja, wie viel Auseinandersetzung mit der

Vergangenheit braucht man, um gut in der Gegenwart leben zu können? Ich will nur das, was für mich am besten ist. Darf ich das?

Karl nickt: Klar darfst du das. Ich will dir nur Möglichkeiten aufzeigen.

Das weiß ich, sage ich etwas ruhiger. Das weiß ich, und es ist sehr lieb von dir. Ich bin mir der Möglichkeiten auch bewusst.

Es lebt sich bestimmt leichter ohne dieses diffuse Gefühl von Schuld, das unter Umständen vielleicht gar nicht so gewichtig ist, wie du damals gedacht hast. Du warst ja noch ein Kind. Was, wenn es nur eine kleine Entscheidung war, die zu so etwas Tragischem führte?

Ich stehe auf und murmele: Auch die kleinen Entscheidungen können gewichtig werden. Ich hole uns mal Wasser. Als ich am Rucksack vorbeikomme, zögere ich kurz. Ich gehe weiter in die Küche und trinke direkt aus dem Hahn. Der Feuerball wird kleiner und ich trinke so lange, bis ich ihn kaum mehr spüre. Dann fülle ich kaltes Wasser in einen Krug und nehme ihn mit hinaus. Im Schein der Kerze leuchten mir Karls Augen entgegen. Der Sternenhimmel ist groß und weit über uns. Ich stelle den Krug vor Karl auf den Tisch und sage: Ich bin gleich wieder da, ich muss nur noch etwas holen.

Vom Weiteren

Am nächsten Tag ist das Wetter schlecht. Am Mittag ist der Himmel vor dem Fenster der Werkstatt hellgrau und es regnet. Früher auf dem Land hat es manchmal tagelang aus genau solch einem hellgrauen Himmel geregnet, und jede Minute dachte man, es reißt endlich auf und die Sonne kommt durch die Wolkendecke. Es passierte nur nicht.

Wir verbringen die Sonntage bei Regen gern in der Werkstatt. In meiner Pause ziehe ich mir meine Jacke über, spanne vor der Tür den Schirm auf, schließe ab und sehe durch Karls Ladenfenster. Er steht über die Bank gebeugt, die grauen Locken fallen ihm in die Stirn und über die Brille. Er schleift einen Geigenboden in ruhigen, gleichmäßigen Bewegungen. Sein dunkler Pullover ist vorne hell vom Holzstaub und in den Gesäßtaschen seiner Hose stecken Werkzeuge. Drinnen spielt klassische Musik. Das Streichquartett Nr. 9 in g-Moll von Schubert. Karl hört es oft. Nach meinem Klopfen am Fenster schaut er auf, schiebt sich die Brille ins Haar, und als er mich erkennt, lächelt er, kommt zur Tür und öffnet sie. Die Musik ist laut.

Ich gehe zum Bäcker, möchtest du auch etwas?, frage ich und er fasst sich kurz an den Bauch und sagt: Eigentlich nein, aber eigentlich ja.

Süß oder salzig, frage ich und er sagt: Salzig.

Kurz sehen wir uns an und sein Blick fragt: Bist du okay?

Ich nicke, ziehe gleichzeitig die Schultern hoch und lasse sie wieder fallen. Karl bewegt sich nicht, aber sein Blick nimmt mich in den Arm.

Bis gleich, sagt er und ich antworte: Bis gleich.

Als ich schon ein paar Meter weit gegangen bin, drehe ich mich unter meinem Schirm noch mal um. Karl hat die Tür bereits geschlossen.

Ich denke an das Kästchen. Ich habe es gestern Abend aus dem Rucksack geholt und auf den Tisch zwischen Karl und mich gestellt. Ich habe das kleine Portemonnaie, die platten Kupferpfennige und das Tagebuch herausgeholt und alles zwischen uns auf den Tisch gelegt. Da ist es, habe ich gesagt und Karl hat mich erschreckt angesehen, während ich die flache Hand wie einen Schutzschild auf dem Tagebuch liegen ließ.

Ich nehme den Weg zum Bäcker durch den kleinen Park. Meine Schritte knirschen auf dem nassen Kiesweg.

Ich mag das Geräusch, höre ich mich sagen. Ich sah dabei zu Mick herüber, der neben mir herlief. Er hatte beide Hände an den Schulterriemen seines Schulrucksacks und kaute auf seiner Lippe herum. Mir fiel ein, dass ich heute zwei Stunden Mathe hatte. Ich würd am liebsten nicht in die Schule gehen, maulte ich. Wir haben Mathe und es regnet, dann müssen wir in den Pausen auch noch drinnen bleiben.

Mick guckte auf seine Füße und meinte: Geht mir genauso. Also los, gehen wir beide heute mal nicht hin.

Ich sah ihn verdattert an. So konkret war mein Vorschlag gar nicht gemeint gewesen.

Aber was sagen wir denn dann? Das gibt einen Scheißärger.

Ach, komm schon, wir fahren mit dem Bus in die Stadt und gehen ins Kino. Wir essen Popcorn und Eiskonfekt und trinken Cola. Können uns dann immer noch überlegen, was wir sagen.

Ich sah ihn mit runden Augen an. Ins Kino in die Stadt ging man bei uns nur zu sehr besonderen Gelegenheiten, dann, wenn andere Kinder dort ihren Geburtstag feierten zum Beispiel.

Wir nehmen die besten Plätze und kaufen noch die beiden Sitze davor, damit sich niemand vor uns setzen kann.

Und kann ich auch Gummibärchen haben?, fragte ich.

Na klar, Gummibärchen kannst du auch haben, sagte Mick großzügig.

Hast du denn so viel Geld?, fragte ich ihn.

Mick lachte und sagte: Nee, natürlich nicht. War aber trotzdem schön, oder?

Ich schubste ihn ein bisschen und sagte: Ach, menno!

Als er an der Bushaltestelle in den Bus zum Gymnasium stieg, drehte er sich noch mal um und sagte: Große Gangster lassen's krachen.

Und ich streckte ihm die Zunge raus.

Jetzt nehme ich das Handy und rufe Mutter an. Sie geht ran und sagt: Nanu, du rufst an?

Na ja, es ist Sonntag, sage ich. Ich rufe jeden Sonntag an.

Ja, sagt sie, ich war mir nur nicht sicher, ob du es auch heute tun wirst.

Ich bleibe stehen. Auf der anderen Seite der Straße liegt ein verlassener Kinderspielplatz. Der Sand dort ist vom Regen dunkel und Regen tropft auch von einem bunten Kletterbogen, von der Rutsche und den drei Wipp-Pferdchen. An den Stellen sind tiefe Löcher in den Sand gebohrt. Es ist still, nur der Regen trommelt auf den Stoff des Schirms. Er übertönt das Klopfen in meinem Ohr ein wenig.

Ich bin gut wieder angekommen, wollte ich kurz sagen. Der Zug war pünktlich.

Ich sehe zu den drei verlassenen Pferdchen hinüber.

Gut, sagt Mutter. Dann ist es ja gut. Und wie geht es dir sonst?

Wie geht es dir sonst?, wiederholt es sich in meinem Kopf. Ja, wie geht es mir denn?, denke ich und sehe immer noch zu den Pferdchen hinüber. Der Regen läuft über das rote Plastik und die Holzsitze. Er hinterlässt glänzende Spuren.

Mal sehen, sage ich in den Hörer, das weiß ich noch nicht so genau. Mal sehen, wiederhole ich und wundere mich dabei, wie ehrlich ich bin. Nicht das übliche *Es geht mir gut. Danke der Nachfrage. Alles in Ordnung.* Ich sage genau das nicht. Es ist neu, aber ich sage es einfach so, wie es ist. Und plötzlich weiß ich, dass ich wissen will, was damals war. Ich muss es wissen, um sagen zu können, wie es mir geht.

Mutter sagt noch etwas, aber ich höre nicht mehr hin. Wir verabschieden uns, und als wir auflegen, drehe ich mich um und gehe nach Hause. Der Regen tropft auf meinen Schirm und ich sehe auf meine Schuhe, meine Schritte zu uns. Die Treppe nehme ich immer in zwei Stufen auf einmal. Oben bin ich atemlos und schließe die Tür hinter mir.

Es ist sehr still hier oben ohne Karl, nur der Regen fällt auf unser Dach. Ich ziehe meine Jacke und meine Schuhe aus, und als ich vor dem Kästchen stehe, zögere ich kurz. Es ist einer dieser Momente, von denen man weiß, dass man jetzt noch die Chance hätte, sich anders zu entscheiden. Noch zu warten. Das Tagebuch vielleicht lieber mit jemandem zusammen zu lesen oder es einfach ganz sein zu lassen. Das Kästchen steht auf dem kleinen Tisch an der Wand neben den Büchern. Ich habe es gestern Abend wieder eingeräumt und dafür einen Ort gesucht. Etwas abseits, nicht zu offensichtlich, aber auch nicht versteckt. Jetzt nehme ich es an mich und setze mich an den Tisch. Ich fahre mit dem Finger meinem Namen auf dem Deckel nach. Er fühlt sich rau und zugleich glatt an. Dann öffne ich den Deckel. Ich nehme das Maus-Portemonnaie und die platten Pfennige heraus, bis das Heft frei liegt. *Lindas Tagebuch* steht da. Ich hole das Heft heraus, schiebe das Kästchen etwas beiseite und öffne den Einband. Der erste Eintrag ist vom 2. April 1987 und ich habe alle Punkte mit kleinen Blümchen in Pink und Grün dekoriert.

Heute habe ich mich mit Tati gestritten. Wir hatten von Frau Petrus Hefte bekommen. Auf meinem war ein Rebhuhn und auf Tatis eine große Spinne. Als ich aus der Pause wiederkam, lag mein Heft auf Tatis Platz und auf meinem das Heft mit der Spinne. Ich wollte gern das Heft mit dem Rebhuhn wiederhaben, weil die Spinne so hässlich war und ich Spinnen nicht leiden kann. Aber Tati hat gelogen und sagte, es wäre ihrs. Sie hat es mir nicht zurückgegeben. Da habe ich auch noch auf dem Nachhauseweg nicht mehr mit Tati gesprochen. Dann haben wir uns wieder vertragen.

Ich blättere weiter. Oft sind es Zeichnungen oder eingeklebte Herbstblätter, manche von ihnen zu Bröseln zerfallen. Ab und an bleibe ich hängen.

Heute am 18. Juni 1988 sind Tati und ich allein in die Stadt gefahren. Zuerst sind wir im Kaufhaus gewesen und haben Lippenstifte eingeklaut. Mein Herz hat geklopft, weil Tati gesagt hat, dass es Kaufhausdetektive gibt und ich habe jeden angeguckt, ob er der Detektiv ist.
Dann sind wir in den Park gegangen und haben uns den Mund angemalt. Es sah aber doof aus, als hätten wir Rote Bete oder Eis wie ein Baby gegessen. Wir haben es wieder weggewischt und uns dafür Herzen auf die Arme gemalt. Tatis Arm war oben wieder voller blauer Flecke und ich habe gesagt, dass ich Blumen draus malen kann, ob sie das schön findet. Und da hat sie genickt und als sie die Blumen gesehen hat, hat sie geweint. Ich habe sie getröstet. Danach mussten wir rennen, um den Bus zu kriegen.

4. August 1988
Heute war ich mit Tati und Nina in der Kiesgrube. Fabi kam später und hat sich auf die Decke gesetzt und uns die Gurken weggegessen. Er hat mich immer angelächelt und mich gekitzelt. Das mag ich aber nicht. Ich bin schnell weggerannt und ins Wasser gesprungen.

7. August 1988
Wir haben heute Großreinemachen im Geheimversteck gespielt. Das hat keinen Spaß gemacht, aber eine Detektei für schwierige Fälle braucht mal Ordnung, findet Tati.

16. Oktober 1988
Joon hat sich was eingefangen, wie Vater sagt. Er liegt im Bett mit Fieber und Halsschmerzen und wir dürfen nicht zu ihm. Ich habe ihm meinen Pudding vor die Tür gestellt, denn Pudding ist gut bei Halsweh. Dann ist noch was Doofes passiert. Tati und ich sind mit den Fahrrädern in die Stadt gefahren und haben uns eine Pommes mit Mayonnaise gekauft. Da ist Tati plötzlich über den Bordstein gestolpert und die ganzen Pommes sind auf die Straße gefallen. Dann hatten wir nur noch eine halbe Pommes jeder. Das fand ich doof.

Ich blättere weiter und entdecke Tatis Handschrift auf einer Seite mit zwei braunverschmierten Fingerabdrücken.

Linda und Tati schwören sich immer beste Freundinnen zu bleiben und zusammenzuhalten. Wenn wir uns streiten, kommen wir in unsere Hütte und lesen das hier. Dann vertragen wir uns wieder. Unterschrift: Tati, Unterschrift: Linda

Ich erinnere mich wieder, wie wir uns damals in die Daumen piekten, um diesen Schwur zu besiegeln, und wie viel Überwindung mich das Pieksen gekostet hatte. Ich nehme mir vor, von diesem Eintrag später ein Foto zu machen und es Tati zu schicken.

Die nächsten Berichte handeln von Herbst- und Wintertagen. Dann ärgerte ich mich offenbar über Mick und schmierte ihm Zahnpasta unter die Türklinke, wie ich es in einem Buch gelesen hatte. Im Winter fiel Schnee und dann gibt es eine lange Lücke, bis ich etwas finde. Der Eintrag ist verschmiert und mit einem dicken grünen Filzstift geschrieben. Das Papier ist wellig.

13. Juli 1989
Mick ist tot. Es war am 11. Juli 1989. Und es ist alles meine Schuld. Mutter hat wegen der Unterhemden geschimpft und wollte sie wiederhaben. Ich konnte nicht sagen, dass ich sie genommen hatte, weil sie ja alle im Geheimversteck waren. Mick hat für mich so getan, als ob er es war. Deswegen ist er am Abend vor den Zug gekommen, weil er sie holen wollte. Ich weiß nicht, wie ich weitermachen soll. Ich will zu Mick.

Da ist es also, denke ich.

Ich sitze eine ganze Weile einfach nur so da und höre dem prasselnden Regen zu. In meinem Kopf hallt das Prasseln wider und ich sehe Mick vor mir, wie er die Unterhemden aus der Hütte holt, sich wieder auf sein Rad schwingt, um zu uns nach Hause zu fahren. Es war spät. Er hatte es sicher eilig und fuhr schnell.

Mutter stürmte ins Wohnzimmer, während wir mittags alle drei am Esstisch unsere Hausaufgaben machten, und es war klar, sie war ärgerlich. Ihre Wangen waren rosa und sie funkelte uns an: Wo bitte schön sind die Unterhemden eures Vaters?

Wir blickten sie mit erschrockenen Gesichtern an.

Es fehlen nahezu alle aus seinem Schrank, rief sie erbost. Wer von euch war das?

Sie sah uns der Reihe nach scharf an. Was denkt ihr euch eigentlich? Ich habe euch das schon öfter gesagt: Vaters Unterhemden sind nicht zum Spielen da. Nun hat er nicht mehr genug für die Woche. Ihr sagt mir sofort, wer das war, sonst bekommt ihr zwei Wochen Hausarrest. Und zwar alle drei.

Ich traute mich nicht, die anderen anzusehen, aber es war klar, dass ich etwas sagen musste. Lautlos seufzte ich in mich hinein und sah auf die Spitze meines Bleistifts im Matheheft. Ich bewegte sie millimeterweise in einem Kästchen, als wäre es die letzte heimliche Möglichkeit, mich zu rühren, sodass Mutter nicht auf mich aufmerksam wurde. Sie sah uns immer noch böse an und ich wich ihrem Blick aus. Wenn ich erzählen würde, dass Tati und ich immer mal wieder ein Unterhemd aus dem Schrank genommen hatten, würde sie wissen wollen, wo sie abgeblieben waren. Ich sah die inzwischen starrend schmutzig grauen Unterhemden vor mir in der großen Kiste in der Hütte liegen. Mittlerweile wollte sie niemand mehr anziehen, so dreckig, wie sie waren. Also holte ich immer mal wieder ein frisches aus dem Schrank. Die anderen blieben in der Kiste, denn sie einfach zurückzubringen, sie wieder in den Schrank oder zur schmutzigen Wäsche im Bad hinter der Tür zu legen, wäre auch nicht gut gewesen. Das wäre aufgefallen. Mir fiel ein, wie ich mal etwas in diesem Wäscheberg suchte und aus einer Schlafanzughose von Joon eine dicke Kackwurst herausgerollt kam. Sie rollte mir vor die Füße wie ein großes Stück von einem Ast. Eine geheime Kackwurst auf unserem Badezimmerteppich. Darüber musste ich ziemlich doll lachen. Auch jetzt musste ich wieder darüber lachen. Sie sah so lustig aus, diese rollende Wurst mit Rissen wie die Maserung von Holz. Offensichtlich war es mal wieder nicht der beste Moment, um lachen zu müssen, merkte ich sofort. Nur war Lachenmüssen wie Niesen oder Husten. Man konnte nichts dagegen machen.

Mutter war da anderer Meinung, sie haute mit der flachen Hand vor mir auf den Tisch und fragte gefährlich ruhig: Was gibt es da zu lachen? Dabei sah sie so böse aus, dass ich sofort aufhörte. Sie fixierte mich mit ihrem Blick und ich wusste, sie würde so lange mit ihren Augen stochern und bohren, bis sie alles über unser Geheimversteck herausgefunden haben würde. Sie würde wissen wollen, woher die anderen

Dinge im Geheimversteck stammten und was wir dort überhaupt machten. In meiner Vorstellung sah ich sie schon die Hütte ausräumen und fürchterlich schimpfen. Dann würde sie sich eine schreckliche Strafe ausdenken. Womöglich musste ich all das Raubgut von meinem Taschengeld bezahlen. Vielleicht würde ich mich im Diepel und beim Bäcker entschuldigen müssen und Tati und ich würden nie wieder dort einklauen können. Tatis Eltern würden alles erfahren und ihr Vater würde sie grün und blau dreschen. Das ging auf keinen Fall. Ich überlegte noch, wie ich es anstellen sollte, da hörte ich Mick sagen: Ich war's. Ich hab sie genommen. Ich brauchte sie für die Jungs.

Sie tauschten einen ihrer Blicke, Mutter und Mick.

Sag mal, spinnst du?, fragte Mutter ruhig. Ihre Augen ruhten auf Mick, als würde sie etwas nicht verstehen und als wäre sie enttäuscht. Seit wann kommst du auf solche Ideen, Michael?

Mick zuckte mit den Schultern: Wir brauchten sie für die Mannschaften beim Fußball.

Mutter drehte sich zur Tür und sagte: Bis heute Abend sind die Unterhemden hier im Haus, und zwar direkt in der Waschmaschine, falls ich sie überhaupt noch sauber bekomme. Und du, Junge, kommst mir nicht ohne die Hemden nach Hause, das sage ich dir.

Als Mutter draußen war, flüsterte ich zerknirscht: Danke, Mick.

Mick sah in sein Buch und raunte, ohne mich anzusehen: Wo sind die Dinger?, und ich flüsterte: In der Metallkiste im Geheimversteck.

Als ich das Heft zuschlagen will, fällt mein Blick auf die letzte Seite. Dort steht ein kurzer Eintrag mit nur einem Satz. Er sieht nicht nach meiner Handschrift aus.

11. Juli 1989
Große Gangster lassen's krachen.

Mick, denke ich.

Der Regen trommelt auf das Dach und läuft mir über das Gesicht, als würde er langsam den Raum füllen. Ich stelle mir vor, dass ich von der Flut erfasst und aus den Fenstern herausgespült werde.

Meine Hände zittern, als ich Mutters Nummer wähle. Sie nimmt sofort ab.

Es ist meine Schuld, weil ich zu feige war zuzugeben, dass ich die Unterhemden genommen hatte. Mick hat mich beschützt und sie für mich geholt, dabei hätte ich es zugeben müssen, sage ich ohne jede Begrüßung.

Sie antwortet erst nicht. Nach einer Weile sagt sie: Aber Kind, du warst so klein.

Ich weiß es jetzt wieder, sage ich, ohne auf sie einzugehen, das alles. Ich habe mich erinnert. Es ist so schwer.

Ich beginne wieder zu weinen und Mutter sagt: Ja. Ich weiß.

Wir sind still. Lautlos laufen mir die Tränen über das Gesicht.

Da sagt Mutter: Dabei war es doch immer nur meine Schuld.

Es ist wieder still zwischen uns. Und dann fügt sie hinzu: Aber weißt du, Linda, das damals war auch Micks Entscheidung. Und nicht nur unsere.

Ich schlucke den Kloß in meinem Hals herunter. Einfach so.

Und dann beginnen wir, miteinander zu sprechen.

Ich bedanke mich herzlich bei allen, die zur Entstehung dieses Buches beigetragen haben. Manuela, Sandra, Jutta, Anne und Nathalie für das Erstlesen und die Gespräche. Meinem Verleger André Förster für sein Vertrauen und seinen genauen Blick, Sophie Bentzien für ihren ideenreichen und tatkräftigen Einsatz, Oda Ruthe für das wundervolle Cover und ihre Begeisterung, sowie allen weiteren Mitarbeiter*innen des Quintus-Verlags. Ein besonders lieber Dank geht an meine Kinder. Danke, dass ihr mich immer unterstützt, mitfiebert und euch für mich freut.